Tous tes enfants dispersés

DE LA MÊME AUTEURE

NOUVELLES

Ejo, La Cheminante, 2015 (Prix François-Augiéras,
prix du livre Ailleurs).
Lézardes, La Cheminante, 2017 (Prix de l'Estuaire,
prix La Boétie).
Ejo suivi de *Lézardes*, et autres nouvelles, Autrement,
2020.

POÉSIE

Après le progrès, La Cheminante, 2019.

BEATA
UMUBYEYI MAIRESSE

Tous tes enfants dispersés

ROMAN

J'AI LU

L'auteure remercie le CNL pour la bourse de création
accordée à l'écriture de ce livre.

Chanson « Ubalijoro » librement traduite et citée p. 140-141 :
© Rodrigue Karemera.
Poème « La Môme néant » de Jean Tardieu cité p. 183 :
© Gallimard, 1951.
Chanson « Akabyino ka nyogokuru » librement traduite
et citée p. 219 :
© Cyprien Rugamba.

Pour Mfurayanjye et Micomyiza

Je relis les livres que j'aime et j'aime les livres que je relis, et chaque fois avec la même jouissance [...] : celle d'une complicité, d'une connivence, ou plus encore, au-delà, celle d'une parenté enfin retrouvée.

Georges PEREC
W ou le souvenir d'enfance

Umutemeli w'ishavu ni ijosi.
Le cou est le couvercle du chagrin.

proverbe rwandais

As she fell asleep, she placed one soft hand over her land. It was a gesture of belonging.

Bessie HEAD
A Question of Power

Blanche

« C'est l'heure où la paix se risque dehors. Nos tueurs sont fatigués de leur longue journée de *travail*, ils rentrent laver leurs pieds et se reposer. Nous laissons nos cœurs s'endormir un instant et attendons la nuit noire pour aller gratter le sol à la recherche d'une racine d'igname ou de quelques patates douces à croquer, d'une flaque d'eau à laper. Entre eux et nous, les chiens, qui ont couru toute la journée, commencent à s'assoupir, le ventre lourd d'une ripaille humaine que leur race n'est pas près d'oublier. Ils deviendront bientôt sauvages, se mettront même à croquer les chairs vivantes, mouvantes, ayant bien compris qu'il n'y a désormais plus de frontières entre les bêtes et leurs maîtres. Mais pour l'heure, la paix, minuscule, clandestine, sait qu'il n'y a plus sur les sentiers aucune âme qui vive capable de la capturer. Alors, elle sort saluer les herbes hautes qui redressent l'échine sur les collines, saluer les oiseaux qui sont restés toute la journée la tête sous l'aile pour ne pas assister, pour ne pas se voir un jour sommés de venir témoigner à la barre d'un quelconque tribunal qui ne manquera pas d'arriver, saluer les fleurs gorgées d'eau de la saison des pluies qui peinent à exhaler encore et malgré tout un parfum de vie là où la puanteur a tout envahi. »

Tu disais cela quand tu parlais encore, Mama, à mots troués, en attendant que ton fils Bosco rentre du cabaret, cette soirée de 1997.

Tu utilisais le temps présent à cette heure exténuée du jour pour raconter tes souvenirs du mois d'avril 1994, comme si trois années ne nous avaient pas irrémédiablement séparées. Et les volutes blanches qui s'échappaient de ta main, celles qui sortaient de ma bouche entrouverte, toi *Impala*, moi *Intore*, les deux marques de cigarettes d'*avant*, les seules que nous voulions encore goûter comme pour conjurer le temps assassin, à moins que ça n'ait été une façon de s'étouffer à petit feu avec les effluves du passé, nos volutes se rejoignaient, nous entouraient d'un nuage rassurant.

Assises sur le même petit banc de bois brinquebalant qu'autrefois, sur la *barza*, la ter-rasse, de la grand-rue de Butare, nous étions cachées des passants par les larges troncs des jacarandas. Tu te laissais aller à parler du *mois de lait qui était devenu celui du sang, ukwezi kwa mata kwahindutse ukw'amaraso*, entre deux silences qui auraient tout aussi bien pu être des sanglots à couper au couteau et je t'écoutais sans savoir si ma main qui me demandait de te serrer le poignet n'allait pas te faire sursauter. Je res-tais donc immobile en soufflant fort ma fumée vers la tienne pour qu'elle t'atteigne et desserre ton chagrin figé. Bien que je ne connaisse rien à la chimie, je me suis souvenue de ce joli mot de *sublimation* lorsque notre professeur nous avait raconté comment le solide devient gaz et je pensais qu'il devait y avoir un procédé qui de la même façon permettrait à des corps devenus rigides de s'envoler en fumée sans mourir pour autant, de se rejoindre harmonieusement dans les airs, invisibles aux passants. Je me suis imaginée en *Intore*, danseur guerrier coiffé de longs cheveux ivoire, d'une lance érodée et d'un minuscule bouclier en bois sculpté, voltigeant autour de toi, l'*Impala* aux cornes torturées, antilope pourchassée, t'entourant d'une haie de mots sauvés, de mots ressuscités. Moi l'*Intore* valeureux, les bras tendus, le dos cambré, je faisais trembler la terre de mes pieds ornés de grelots *amayugi*, je faisais reculer l'ennemi menaçant en vantant tes hauts faits, tes enfants, tes amants, ta liberté si cher payée. Et pendant que la nuit nous aidait à disparaître rapidement dans la pénombre de la *barza*, j'écoutais ta voix en hochant la tête, et si mes mouvements étaient imperceptibles, parce que j'avais oublié depuis longtemps comment te toucher, là-haut dans la fumée, je faisais voler les mèches de sisal blanc ornant mon front comme un *Intore*, poète danseur, combattant d'apparat capable de conjurer ta mort du mois d'avril.

Un moment tu t'es tue, un arrêt incongru au milieu d'une phrase, tu as sursauté, poussé un petit cri puis un son étrange est sorti de ta gorge. J'ai cru que tu pleurais, j'ai scruté ton visage qui se détachait dans l'air enfumé, la ligne droite de ton nez éclairé avec précision par les derniers rayons du soleil couchant, j'ai craint que tu ne puisses plus contenir quelque souvenir brutal dans ta langue métaphorique qui m'avait jusqu'alors protégée, qui a protégé tous ceux qui n'ont pas voulu savoir jusqu'où était allée l'ignominie, et tout mon courage d'*Intore* s'est enfoui dans ma poitrine immobile. J'ai attendu, le ventre noué, attendu jusqu'à ce que je réalise que tu riais doucement, une fleur de jacaranda entre les mains. Elle était tombée de l'arbre devant nous, t'avait fait peur, cette peur enfantine qui menace de resurgir toute la vie au crépuscule, en dépit des épreuves vaillamment surmontées et de la raison que procure l'*expérience du monde*. Tu riais de ta peur, sans doute aussi pour éloigner les souvenirs qui t'avaient envahie durant ce bref instant où tu m'avais un peu *raconté*.

Tu as porté la fleur à tes narines, l'as longuement respirée, puis me l'as donnée dans un geste étonnamment délicat, contrastant avec les mouvements heurtés et l'humeur hiératique dans laquelle je t'avais retrouvée deux semaines auparavant.

J'ai caressé de l'index la clochette allongée dont la couleur bleu violacé était en parfaite concordance avec le crépuscule mourant à cet instant précis sur Butare. Le vent s'était levé, faisant bruisser le feuillage sombre des arbres et la nuit est tombée brusquement, sans sommation, comme elle sait si bien le faire, là-bas. Dans la vallée derrière la librairie, les grenouilles se sont immédiatement mises à coasser de concert, on aurait dit qu'elles attendaient le signal. Je t'ai rendu la fleur, tu l'as effleurée avec ta joue puis l'as jetée sur la terre sèche au pied du jacaranda. Il m'a semblé voir tes épaules se courber d'accablement.

« Tu te souviens de l'histoire que tu nous racontais, à Bosco et moi, à propos du chant des grenouilles ? »

Tu as émis un petit rire qui a déclenché une quinte de toux rauque de vieille fumeuse. Non loin de nous, le ciel faiblement éclairé par la lune a été fendu par un vol de chauves-souris. Elles vivaient par milliers sur les branches des sapins de l'arboretum, là où la route de Butare s'échappe vers la frontière du Burundi.

« Oui, je me souviens. Alors, que disaient-elles, les grenouilles de votre enfance ? »

J'ai pris un ton de conteuse.

« Dis, grenouille, qui va là ?

— Qui va là ? C'est un puiseur d'eau.

— A-t-il puisé son eau ?

— Oui, sa cruche est pleine, je vois ses talons qui disparaissent sur le chemin. La nuit est là.

— Alors, chères grenouilles, il est l'heure de prier : Notre père qui es aux cieux !

— Notre père qui es aux cieux !

— Notre père qui es aux cieux ! »

Et alors que je terminais mon histoire, j'ai ri aussi, avec la voix encore basse des batraciens pieux.

Nous ne comprenions pas pourquoi les grenouilles répétaient toute la nuit la première phrase de la prière, et tu nous avais raconté que leur cerveau était trop petit pour l'apprendre en entier.

Tu as dit : « C'était l'histoire préférée de Bosco », et sans te regarder j'ai su qu'à ce moment-là ton visage désemparé se tournait vers les lumières du cabaret à l'autre extrémité de la grand-rue, d'où nous parvenaient parfois des bruits de voix ou des éclats de rumba congolaise.

Tu n'as jamais cessé de penser à ton fils, même quand tu m'accordais comme ce soir-là une brisure d'intimité.

« Oui, je sais que c'était son histoire favorite. Il aimait prier aussi, avant qu'il ne parte faire la guerre. »

Tu n'as rien dit, et dans ma tête, l'écho de la phrase que je venais de prononcer était si assourdissant que j'ai fermé les yeux et attendu. Déjà le regret, il aurait fallu que je me taise ou que tu me répondes si vite qu'on aurait pu glisser mes mots sous les tiens pour les y dissimuler. Mais tu t'es tue. Un long moment. Deux ombres sont passées en conversant à voix basse à quelques mètres de nous, elles ne nous ont pas vues, ou peut-être ont-elles fait semblant. On devinait au bruit que faisaient leurs pas qu'elles portaient des claquettes.

« Vos deux pères sont aux cieux maintenant. »
Un chien, celui du *zamu*, le gardien de nuit de l'hôtel Ibis en face, a aboyé au moment même où tu disais cette chose étrange et je n'étais pas sûre d'avoir bien entendu. C'était la première fois que

tu parlais de « nos pères ». Pour me donner de la contenance, j'ai ramassé un fruit oblong et sec de jacaranda et l'ai trituré en silence. Allais-tu enfin me dire autre chose ? Le moment était-il venu de parler de *ça* ?

Tu as tâté ton paquet de cigarettes sur tes genoux, l'as trouvé vide, m'a demandé de te donner une *Intore*. J'attendais, tu l'as allumée et l'as fumée lentement, en silence. Ma gorge sèche s'est faite couvercle de chagrin.

J'ai tenté une attaque indirecte, ne pas parler de mon père, Antoine, mais de celui de mon frère.

« Quand as-tu su que le père de Bosco était mort ?

— Tout se sait dans ce pays. »

Tu as corrigé : « Tout peut se savoir ou se deviner. Si un jour tu aimes réellement un homme, et qu'il vient à mourir, tu le sentiras à la minute même. »

Ton assurance m'a exaspérée. Que savais-tu de l'amour que j'étais capable de porter à un homme, Mama ? Ce que je croyais comprendre entre les lignes – tu n'aurais pas aimé mon père autant que celui de mon frère, c'est pourquoi tu avais ignoré la date de son décès – me blessait. On fait si facilement des conclusions définitives, pour masquer son ignorance, se donner de la contenance. Tes mots ont eu la violence d'une révélation. Je n'avais pas encore pris conscience alors que ta confiance était une façade pour ne pas t'effondrer, que la vérité était claquemurée dans ce qui n'était pas, dans ce qui ne serait peut-être jamais énoncé. J'ai réagi comme une enfant, tentant de te renvoyer les coups, ricanant méchamment.

« Si vous pouviez tout savoir, comment se fait-il que vous ayez ignoré l'extermination qui se préparait ? »

Tu n'as pas répondu. Que peut-on répondre à une question pareille ? Comment avais-je pu la poser ? Il était trop tard. Une frontière sournoise, invisible, se réinstallait entre toi et moi.

Je venais de fermer la brèche.

Je m'en mords les doigts aujourd'hui, alors que j'écris ces lignes. Je sais que c'est ce soir-là, l'année dernière à Butare, que j'ai condamné le seul interstice que tu m'aies ouvert avec ma langue imprudente, colérique. Il est trop tard pour tenter de reprendre le fil de notre conversation, maintenant que tu t'es emmurée dans le silence de l'après-Bosco.

Tu t'étais levée d'un bond et m'avais annoncé : « Je vais chercher ton frère, il doit être trop ivre pour rentrer. »

Tu avais refusé que je t'accompagne : « Tu sais bien que les choses ne sont pas faciles entre vous en ce moment, va te coucher, il faut te reposer avant ton voyage de retour. »

Et tu t'en étais allée.

Mon voyage de retour.

Je croyais l'avoir accompli en venant dans cette maison de la grand-rue de Butare où j'ai grandi à tes côtés. Pour toi, désormais, j'étais de là-bas. Ton fils était un revenant, moi je n'étais plus qu'une passante, une plante exotique importée, qui aurait mal supporté la vie sous tes latitudes et qui avait enfin été rempotée dans son terreau d'origine. Une Française.

Je suis allée me coucher dans ma chambre. Pouvais-je encore la désigner ainsi, cette pièce que j'avais occupée pendant plus de vingt ans ? Lorsque j'étais apparue sur le seuil de notre maison, j'avais éprouvé cette sensation délicate d'être une étrangère chez soi.

Pourtant, en apparence, rien n'avait changé : l'immeuble, datant du temps des Belges, dont le fronton surélevé imitait modestement une certaine architecture flamande sous les tropiques, était toujours debout, entouré de deux majestueux jacarandas en fleur, vestiges eux aussi de l'époque coloniale. J'avais retrouvé intact l'alignement de ces constructions d'époque de chaque côté de la grand-rue, sages et usées, qu'on appelait, d'aussi loin que je me souvienne, le centre-ville de Butare. La poussière du mois de juillet recouvrait la *barza* où somnolait, assis sur *notre petit banc*, un adolescent chargé sans doute de garder la dizaine de casiers de bouteilles de bière Primus vides empilés à ses côtés. Une pancarte récente aux couleurs vives suspendue au-dessus de la porte du local qui donnait sur la rue m'informa qu'une alimentation générale avait remplacé le magasin de tissus qui était là avant le génocide. Tu ne m'avais pas donné de précisions, les rares fois où nous nous étions parlé au téléphone, sur les nouveaux locataires de ce que nous avions toujours désigné comme « le commerce ». Tu m'avais juste dit que le mari de Jeanne – qui y avait installé sa boutique de pagnes, kanga, kigoma, popeline, Tergal et autres textiles vendus au mètre lorsque les Grecs de l'épicerie Chez Christine étaient partis s'installer à Kigali, à la fin des années 80 – avait beaucoup tué puis s'était enfui à l'étranger avec toute sa famille. À côté de l'alimentation, il y avait toujours le petit restaurant, que tu tenais désormais avec ta sœur. Le même nom, la même décoration simple et accueillante. Il était fermé.

Je suis restée un moment appuyée sur le tronc du jacaranda de gauche, lui aussi couvert de la poussière de latérite que soulevaient les rares voitures passant sur la rue, à observer la maison, la peinture des murs autrefois turquoise, désormais délavée et qui s'écaillait de toutes parts. Je sentais peser sur ma nuque des regards inquisiteurs, depuis la terrasse de l'hôtel Ibis et derrière les vitres de la Banque, de l'autre côté de la route. Je n'avais pas envie de me retourner, je n'avais croisé aucun visage connu sur mon trajet depuis la gare routière, en face du stade, là où le minibus avait déposé les voyageurs en provenance de la capitale.

Il était 13 heures, Butare semblait anesthésiée.

J'ai tendu l'oreille, espérant attraper dans l'air chaud de grande saison sèche des échos de ta voix ou de celle de mon frère par-dessus le portail qui menait à la cour avant de notre habitation, pour apprivoiser l'idée de votre existence ici, à deux, sans moi.

Je ne t'avais pas prévenue de mon retour.

À quoi ai-je pensé pendant ces premières heures au pays ?

J'avais atterri la veille au soir avec la résolution de ne pas passer plus d'une nuit à Kigali et de demander dès le lendemain à ma nouvelle amie Laura de me conduire à la gare routière pour descendre vers le sud. C'était la seule que j'avais informée de mon voyage, parce que j'avais besoin d'un point de chute dans le pays, parce que je savais qu'elle garderait le secret le temps qu'il faudrait, elle l'étrangère rencontrée quelques mois auparavant chez des amis de Bordeaux. Quand elle avait dit, au détour d'une conversation à peine audible, au milieu des rires et de la musique, qu'elle partait travailler la semaine suivante au Rwanda, j'avais voulu y voir un signe. Je m'étais décidée le jour même à acheter un billet d'avion mais j'ignorais encore si j'allais avoir la détermination suffisante pour l'utiliser. Laura avait dépassé la quarantaine, elle offrait le regard taciturne de celle qui est allée sauver l'espoir des plus sombres retranchements de l'âme humaine, et un sourire étonnamment serein. Le lendemain, je prenais un café avec elle et je lui racontais toute mon histoire, d'une traite, comme je ne l'avais jamais fait avec personne. Pourquoi elle ? Je l'ignore. À Samora je n'avais lâché qu'un à un mes lambeaux d'existence, avec une infime précaution, craignant sans doute de le faire fuir ou, pire, de lui faire pitié. Laura m'avait convaincue du bien-fondé de ce voyage. Je m'étais sentie prête.

Étais-je prête ? Dans le vol Bruxelles-Kampala-Kigali, je n'avais parlé à personne. Plusieurs agents des Nations unies, quelques Rwandais, aucun visage connu, une troupe de théâtre ougandaise qui revenait d'effectuer une petite tournée en Europe.

J'écoutais, me taisais, terrorisée.

À la sortie de l'aéroport, j'avais respiré l'air de la nuit noire et toute la tension avait semblé se volatiliser. J'avais à peine parlé à Laura sur le chemin menant de Kanombe aux hauteurs de Kigali où elle habitait avec d'autres humanitaires. Je fixais les trouées de lumière créées dans les ténèbres par les phares de son 4×4, guettant je ne sais quel fantôme. Des arbres, des femmes et des hommes apparaissaient puis disparaissaient comme au ralenti, seul le bruit du moteur répondait au battement précipité de mon cœur.

Le lendemain, je m'étais réveillée aux aurores. Je m'étais assise sur la terrasse de la maison, emmitouflée dans une couverture, pour regarder la ville en contrebas, encore prise dans la brume montant de la vallée, s'éveiller. Qu'est-ce qui avait changé ici ? Je n'aurais su le dire, je connaissais à peine Kigali. Mais je retrouvais les sons, ceux des tourterelles qui chantent « *Sogoruku gugu ! Nyogokuru gugu !* », les battements d'ailes des colibris qui volaient déjà au-dessus de la haie d'hibiscus roses entourant le jardin de mon amie. Une odeur de feu de bois toute proche, une moto qui pétarade quelque part, la voix portée par le petit vent des plus matinaux, déjà sur la route, qui se saluaient « *Ese mwaramukanye amahoro ?* Vous êtes-vous réveillés en paix ? »

Ainsi, on parlait de nouveau de paix avec désinvolture, dès le lever du jour, ici.

Je m'étais remplie de chaque bribe de beauté qu'offrait ce premier petit matin au parfum de souvenance.

Au déjeuner, Laura m'avait offert ce dont j'avais le plus envie, et elle l'avait deviné, une assiette des fruits qui m'avaient tant manqué : papaye, maracuja, petites bananes, prunes et groseilles du Cap. Elle me savait inquiète et s'efforçait de m'apaiser avec une conversation de connivence, me dit qu'elle passerait me prendre en fin de semaine pour aller au lac : « Tu auras eu tellement d'émotions à gérer, aller te baigner à Kibuye te fera du bien. »

J'avalais la ville de jour, les yeux grands ouverts, sur le chemin vers la gare routière.

J'étais montée dans le premier minibus en partance pour Butare. J'avais insisté pour m'asseoir devant, sur la banquette en Skaï élimé, coincée entre le chauffeur et son adjoint qui me regardaient tous deux avec une méfiance amusée. Mon allure d'Occidentale tout juste débarquée, pantalon chiffonné, sac à dos de touriste, ne collait pas avec ma maîtrise du kinyarwanda, langue compliquée qu'à leur connaissance aucun Blanc ne parlait sans accent, pas même les vieilles religieuses qui avaient fait toute leur carrière sur les collines. Ils n'avaient pas fait preuve de la même réserve polie que l'agent des douanes de l'aéroport, la veille. Après avoir lu mon nom rwandais, *Uwicyeza*, en détachant les syllabes sur un ton professoral, comme s'il s'était agi de le dicter à quelqu'un, puis ma ville de naissance, il m'avait dit en kinyarwanda, me rendant le passeport français : « Bienvenue, bon retour chez vous. » Il avait accueilli avec un léger sourire mon « merci beaucoup » dans ma langue natale, murmuré d'une voix à peine audible tant j'étais émue. Jamais personne ne m'avait ainsi accueillie, nulle part. Sans effusion, mais avec l'assurance discrète que j'étais au bon endroit, dans mon bon droit.

J'avais levé la tête sur les panneaux publicitaires récemment installés là pour vanter les beautés du pays aux touristes et m'étais imaginé que je pourrais être cette danseuse aux bras levés vers le ciel et au sourire éclatant vêtue de la toge traditionnelle chamarrée, ce danseur *Intore* au front paré d'une perruque en sisal, j'étais même prête à me glisser dans la peau du gorille immense dans son écrin de verdure montagneuse. J'étais d'ici, j'étais revenue, et un inconnu, un cousin à képi, sans doute né en exil dans un des pays limitrophes où les Tutsi avaient fui les pogroms de 1959 à 1973, venait de me le confirmer.

Pendant que son aide vérifiait les tickets des autres passagers et leur indiquait le siège où ils s'asseyaient sans rechigner – ainsi, mes compatriotes étaient toujours aussi disciplinés quand il s'agissait d'obéir à une injonction –, le chauffeur me scrutait du coin de l'œil. Le minibus est parti à l'heure exacte indiquée sur le ticket et je pensais, rêveuse, aux taxis-brousse que j'avais empruntés lors de mes vacances en Afrique de l'Ouest l'année précédente, qui ne démarraient qu'une fois la jauge dépassée, bien longtemps après l'horaire initialement annoncé par les rabatteurs de la compagnie, je me souvenais des cris de protestation et des adieux bruyants lancés par les voyageurs, de l'animation qui régnait dans l'habitacle bondé durant tous les trajets, là-bas.

Mes compatriotes. Il m'avait fallu partir ailleurs sur le continent pour réaliser combien nous étions silencieux, secrets et obéissants, austères par certains aspects. J'étais de cette espèce-là : alors que l'émotion des retrouvailles avec ma terre natale me faisait trembler immensément de l'intérieur, que j'avais à la fois envie de me jeter au cou d'inconnues dont le visage me rappelait celui de mes amies d'enfance, de ma tante, de ma mère, que je voulais questionner chaque homme dont le physique pouvait – à tort – laisser accroire qu'il était hutu « Qu'as-tu fait, toi, pendant le génocide ? », je restais impassible et muette, d'une incroyable décontraction, en apparence.

Il y avait encore des places libres dans notre minibus et mon voisin de droite aurait très bien pu aller s'asseoir derrière plutôt que de rester à mes côtés, mais il espérait sans doute ainsi glaner quelques informations sur cette étrange passagère du jour levant. Il fixait la route, les oreilles dressées, jetant parfois un œil sur le sac à dos entrouvert que j'avais posé à nos pieds. L'étiquette « voyage cabine » de la compagnie avec laquelle j'avais voyagé, Brussels Airlines, devait lui faire croire que j'étais belge. Savait-il qu'Air France ne venait plus ici depuis 1994 ?

Une fois quittée la cuvette de Nyabugogo qui commençait à s'animer, forçant le conducteur à faire preuve d'une extrême vigilance pour ne pas écraser les piétons qui longeaient, nombreux, imprudents, la route goudronnée, il s'était tourné vers moi pour poser la première question, simple mais déjà trop impudique pour nos codes ancestraux, où toute marque de curiosité est malséante : « Alors, tu es d'ici ?

— Bien sûr que je suis d'ici, t'imagines-tu que j'aurais pu apprendre aussi bien notre langue ailleurs ? Je suis née et j'ai grandi ici. » J'avais été surprise par le ton étonnamment grave que je venais de prendre pour dire cela, ma voix résonnant en moi, au ralenti, comme si je m'entendais dans un combiné de téléphone par temps d'orage. Et j'avais baissé la tête, regardant mes mains posées le plus sagement du monde sur mes cuisses. Je savais, parce que je l'avais si souvent attendue, cette question gênante, que suivrait l'injonction à révéler mon origine, non pas ma race comme certains disaient encore, parce qu'il aurait fallu être sot pour ignorer ma peau exactement entre le noir et le blanc, mes cheveux clairs, légèrement crépus, pour savoir où me situer, à la frontière entre l'Europe et l'Afrique. Non, celle que l'on pose innocemment à tant d'enfants : « Qui sont tes parents ? » J'attendais cette question avec la même anxiété qu'au temps d'avant et dans ma tête mes pensées chiffonnées étaient semblables à un drap blanc fatigué de la longue nuit de mon absence, dans les replis duquel je cherchais une aiguille pour reprendre mon ouvrage de mémoire. Mais n'est-ce pas pour cela que j'étais revenue ici, pour tisser une virgule entre hier et demain et retrouver le fil de ma vie ? J'attendais. Le taximan ne me posa pas la question.

Qu'est-ce qui avait changé ici ?

Peut-être que les centaines de milliers d'anciens exilés tutsi qui étaient rentrés après la guerre avaient importé d'autres façons de vivre, qu'on ne se préoccupait plus tant d'égrener les généalogies, à moins que je n'aie dramatisé à outrance le souvenir des interactions avec mes compatriotes d'autrefois, ces moments de présentation où je me liquéfiais, prise au piège de ma carnation. J'étais surprise de voir que la conversation prenait un autre tour, plus sinueux. Il ne me demanda pas de parler de ma mère, ni de son mari. Il dit : « Tu es partie en 94 ? », je hochai la tête. Puis il laissa un silence presque complice s'installer. Il avait respecté mon mutisme en poussant l'accélérateur en même temps que le volume de la radio qui diffusait une rumba congolaise identique à celle qui passait sur Radio Rwanda, trois ans auparavant. J'avais redressé la tête, laissant mon regard se perdre dans les méandres de la route en macadam.

C'était la grande saison sèche, les collines étaient moins verdoyantes que sur les photos du *National Geographic*, trouvé chez un bouquiniste de Bordeaux à mon arrivée, que j'avais longtemps punaisées sur les murs des différentes chambres occupées ces dernières années. Le ciel était très clair, presque laiteux, on aurait dit qu'il avait épuisé tout le bleu qu'il pouvait offrir aux hommes. Sur les bas-côtés défilaient quelques pauvres maisons aux murs ocre, flanquées d'une unique porte laissée cadenassée par des paysans partis aux champs. Peu de passants, des enfants, un cerceau de bois entre les mains, le dos cambré, le nombril pointant sous des vêtements trop grands ou élimés, regardaient passer le minibus avec circonspection et quand, au moment où nous allions les dépasser, ils réalisaient qu'il y avait une Blanche à l'avant, sursautaient, pris de court, trop tard pour la signaler au copain aux pieds également nus qui arrivait sur le sentier derrière. Juste le temps d'hésiter entre un salut frénétique à moi seule destiné et le doigt tendu pour me désigner au camarade en même temps que le mot « *muzungu* » sortait de leur bouche arrondie, lâchant un petit cri qui pénétrait, déformé, par la fenêtre abaissée du véhicule, juste avant que nous le dépassions.

Qu'est-ce qui avait changé ici ? Il y avait encore des enfants, vivants et curieux.

Nous avons dépassé Gitarama, Ruhango, Ruhashya, Nyanza, où tu avais fait ton lycée, Mama. Et quand le minibus s'est arrêté à Rubona pour déposer quelques passagers, mon cœur a fait une embardée vers le souvenir confus de ce lieu où je savais que mon père et toi vous étiez connus.

Lorsque, autrefois, nous approchions en voiture de la grande bambouseraie qui marque le

28

virage vers l'Institut de recherche agronomique de Rubona où tu travaillais au commencement de la décennie 70, ton visage se fermait brusquement et ta voix perdait toute inflexion.

J'avais retenu les larmes qui s'annonçaient au seuil de mon regard perdu dans le lointain des collines ; elles défilaient, identiques et immuables en apparence devant le pare-brise, jusqu'à ce que je réalise que nous venions de passer Save. Je n'avais pas eu le temps de regarder, sur notre gauche, les toits de l'école secondaire, attenante à ce qui avait été une des premières missions installées au Rwanda par les Blancs, au début du siècle.

J'avais lancé au chauffeur une question stridente : « C'était Save ? », et son rire avait balayé la couche de poussière malhabile qui s'était installée entre nous depuis un moment déjà. « Oh, tu connais vraiment bien ce pays, toi ! Oui, c'était Save, tu y as de la famille ? »

Cette question m'avait plu. Elle disait qu'il avait pleinement accepté mon appartenance à cet endroit. Elle ne posait plus de conditions.

« Mon petit frère y a fait une partie de ses humanités, avant de partir à la guerre. »

Il avait sursauté, faisant un geste brusque, nous avions manqué d'emporter un homme qui poussait péniblement un vélo sur lequel étaient ficelés trois grands sacs de charbon de bois sans doute destinés à être vendus au marché de Butare. Ses sourcils froncés ne cherchaient pas à dissimuler l'interrogation évidente que lançait

son regard : « Dans quelle armée a-t-il com-
battu ? »

J'ignorais tout de cet homme, son histoire,
ses engagements, plus personne n'était neutre
alors, quoi qu'on veuille espérer. Le passé était
trop frais pour être amenuisé, ses déflagrations
n'allaient pas finir de nous hanter. Mais je savais
qui avait gagné la guerre, je savais que nous
avions été *du bon côté*, alors je n'avais pas hésité
à répondre à la question qu'il n'avait pas posée :

« Il a rejoint les *Inkotanyi*, en 91. Il avait
dix-sept ans. »

Dans un murmure, avec une infinie délicatesse, il s'était enquis : « Est-il revenu du champ
de bataille en paix, *Ese yavuye kurugamba
amahoro ?* » Là, « paix » voulait dire « en vie »
et nous avions échangé notre premier sourire
quand je lui avais dit : « Oui. Il est à Butare, c'est
lui que je viens voir aujourd'hui. »

Je ne t'ai pas mentionnée, Mama, dans la
conversation qui s'était poursuivie doucement
entre le chauffeur et moi, alors que nous enta-
mions la montée vers Butare. Je n'étais pas prête
à parler de toi à un inconnu, toi qui avais survécu ici pendant cent jours, toi que j'avais abandonnée au début du mois d'avril 94, tu étais
encore un angle mort dans le discours que je
tenais aux étrangers.

Qu'est-ce qui avait changé ici ? Moi. Le regard
nostalgique et amer que je posais sur toute
chose. Ce qui avait été déchiqueté. Je n'étais pas
sûre d'avoir la force de reconstituer la relation
avec toi après trois longues années de silence

entrecoupées de conversations téléphoniques maladroites et de courtes lettres sibyllines.

Retrouvailles de cœurs en lambeaux.

Une fois descendue du minibus, j'ai marché lentement le long de la grand-route, mon sac sur le dos, le regard curieux des badauds sur ma peau. J'avais envie de tout prendre en photo, chaque mur, chaque croisement, les grands jacarandas alignés à intervalles réguliers, les ombres qu'ils projetaient sur le goudron, le stade, la mairie, la haie de la maison de Sarah recouverte d'une luxuriante bougainvillée, la poste et son vieux palmier rabougri, l'hôtel Faucon, l'ancienne laiterie, les lampadaires partiellement déracinés, le ciel délavé où s'accrochaient des nuages en traînée, tout me faisait chavirer de mélancolie. Ma tête s'est remplie de conversations et de visages que je croyais oubliés, qui se sont mis à virevolter et se cogner les uns aux autres, des insectes fous se heurtant en dedans de ma mémoire atrophiée comme à l'intérieur d'une calebasse asséchée.

Je suis arrivée devant la maison que nous avions toujours appelée « chez nous » avec une désinvolture dont la fausseté me frappe aujourd'hui. Le premier « chez-soi » ne peut être pris à la légère, c'est cette part d'intimité qui reste tout au fond de nous, quoi qu'il arrive.

Je ne vous avais pas prévenus de mon retour.

J'ai ouvert le portail en criant « *Odi !* », la voix tremblante. Dans la pénombre du salon, de l'autre côté de la petite cour pavée, la silhouette de Bosco s'est dressée, a pris vaguement forme, avant d'apparaître sur le seuil de la porte. Il n'a pas répondu « *Karibu !* ».

J'ignorais encore qu'il n'était pas rentré du front en paix, qu'il ne serait jamais plus en paix.

Immaculata

Le jour où tu naquis, Bosco, je pleurai toutes les larmes de mon corps. Et ce n'est pas la douleur qui sourdait de mon ventre en charpie, ni la solitude immense s'abattant sur moi qui étaient la cause de mon état de délabrement. Non. Le ciel tambourinait sans pitié sur le toit en tôles de la maternité, le bruit des torrents d'eau débordant des rigoles recouvrait les pleurs des nourrissons que les mères épuisées tardaient à mettre au sein. Tu dormais, impassible, indifférent aux manifestations de la grande saison des pluies, à mon chagrin de parturiente qui retardait ma montée de lait. Cette attitude de calme apparent que tu as toujours eue, dès les premières heures de la vie, que tu portais sur le visage comme un masque, sans doute l'avais-tu adoptée déjà *à l'intérieur de moi* quand alors il t'avait fallu t'accrocher à mon utérus malgré les cahots, malgré les coups et les barreaux. Vous enfanterez dans la violence. Vous êtes la douceur, vous donnez la vie. Que d'injonctions paradoxales accrochées arbitrairement par d'autres à nos existences, que de mensonges rapiécés depuis mille ans et que nous nous devons de porter *dignement*, parce qu'il fut décidé un jour que ça devait être ainsi et pas autrement. C'est sans doute pour cela que nous apprenons à louvoyer très tôt. Mentir comme on respire, pour accepter, se couler dans cette arrangeante affabulation. L'instinct maternel, la belle affaire. Parce que nous donnons plus souvent la vie que nous ne la prenons, nous nous devrions d'être la solution humaine à la violence des hommes.

Cet après-midi le ciel rugissait sur nos têtes baissées et j'eusse voulu te planter là pour aller fumer une cigarette sur la *barza* de la maternité malgré l'orage, malgré les jambes flageolantes. Je rêvais d'une bière fraîche, aussi, pour apaiser ma gorge asséchée par des heures de cris et d'efforts. Il avait fallu m'ouvrir le ventre au scalpel pour t'en extraire. J'avais entendu la sage-femme dire : « Celui-ci a tout compris de ce qui se passe au-dehors, il préfère rester au chaud » avant que l'anesthésie ne m'emporte vers un état comateux d'où je ne sortis que quelques heures après, la bouche rêche et le ventre suturé. L'instinct maternel, ceux qui l'ont inventé ne savent pas ce qu'ils disent, ils n'ont pas la moindre idée, ne sauraient qu'en faire s'il s'agissait d'eux. Forfanterie et escroquerie. À notre désavantage, il va sans dire.

Nos hormones ne nous font pas don d'un amour infini, non, il faut arrêter cette fable. Si les femmes tuent moins, ce n'est pas par un trop-plein de tendresse, c'est par dégoût de la violence contenue, celle qui réside là, au creux de leur corps fécondable, propriété de toute la société.

34

Le pouvoir de donner la vie, qu'on le veuille ou non, cette farce tragique. Et à quel saint puis-je me vouer si je ne le veux pas, si mes entrailles refusent ?

J'avais envie d'uriner mais il n'y avait personne pour m'aider à me relever, j'aurais pu t'échanger contre une bière fraîche, alors je pleurais en attendant d'apprendre à t'aimer.

Donner la vie. Ensemble ou seule ? Toujours seule. Refuser de le dire ou partager la nouvelle, dire « notre enfant à venir ». Ce pouvoir-là, invisible. Les hommes restent toujours sur le seuil, en réalité, essuient leurs pieds sur le paillasson, esquissent des gestes maladroits pour lesquels ils sont déjà pardonnés, parce qu'ils ne sont pas censés *savoir y faire*, attendent ou s'en vont. S'ils restent, ils deviennent nos héros, s'ils partent, nous devenons des *filles-mères*. Nous en sommes conscientes, dès le premier instant de cohabitation avec cet être qui pousse en dedans, et la peur de leur décision nous contraint.

Ce qui se passe ensuite, en nous, dans la pénombre de notre sein, dans ce corps colonisé ?

Cela, personne ne nous l'a jamais appris, nous devons nous résigner à attendre le verdict.

Avons-nous le choix ? Ai-je eu le choix ? Ai-je fait les mauvais choix pour toi ?

En quelque sorte, oui, de cette sorte que l'on appelle le destin, qui rôdait dans la prison de Karubanda à l'orée de ta vie. C'est terrible, n'est-ce pas, mon enfant ?

Je ne t'ai pas fait exprès.

Je tentai de te chasser de mon intérieur avant qu'il ne soit trop tard, mais personne n'accepta de m'aider. Tu restas donc accroché. Alors je t'eus, violemment, forcément, car je savais mieux que personne ce qu'allait être la douleur de l'être que je mettais au monde.

Et c'est ainsi que tu arrivas, avec cet air buté de celui qui sait que rien ne s'est bien passé, silencieux parce qu'il n'eût servi à rien de brailler. Je pleurais depuis des mois et ce jour-là encore mes yeux prirent des airs de ciel d'avril en février. Non, je ne lui dis pas, à ton père, « notre enfant qui est en moi », la dernière fois que je le vis. Il était derrière les barreaux. Toi aussi, quand tu naquis, on t'entoura de barreaux. Un berceau en bois pour que tu ne tombes pas de là-haut. Ce que le monde ignorait, c'est que tu venais pourtant d'entamer une longue et silencieuse chute ; dès l'expulsion de mon ventre, tu commenças à tomber, le regard fixe, les lèvres figées. Derrière ton calme apparent, celui que tu afficherais toute ta vie, mes mains ont très vite su déceler la crispation permanente du corps qui attend le choc avec le sol. On me dit : « C'est un bébé trop tonique, il faut le masser », et je m'exécutai, au début. Plus tard on me dit qu'il fallait te faire faire du sport, pour t'aider à te détendre. Et je te fis courir, les jours fériés, sur le gazon brûlé du stade Huye. Au front on a dû trouver que ton doigt était trop crispé sur la gâchette, que tu étais trop nerveux pour certaines opérations. Tu attendais juste l'impact, depuis le premier jour. Et quand tu as été trop lassé d'attendre, tu as simplement tiré.

Durant un bref instant, avant que la mort ne vienne de nouveau figer tes membres, ton corps ne fut que mollesse, un lâcher-prise qu'aucun de mes massages, aucune de tes courses à pied, aucun de tes sommeils, pourtant profonds, n'était parvenu à t'offrir.

Les seuls moments où je sentais ton dos se détendre, où tes bras chauds s'enroulaient à mes hanches comme des serpents paresseux, c'était sur le petit banc de crépuscule, la *barza* au pied des jacarandas. Glissé entre Blanche et moi, un noyau de mangue ou un bout de canne à sucre à mâchouiller entre les mains, tu reposais un instant ton esprit en alerte pour t'abandonner à l'imagination, pour habiter avec nous les histoires que je vous déroulais chaque soir comme un fil. Et nous tissions dans la pénombre du jour atténué les vies dénuées de péchés des cigales, les prières-poésies des grenouilles de la vallée, les contes de *Bakame*, lièvre malin capable de déjouer la méchanceté des hommes.

Bosco. Mon enfant-accident. Ton père ne sut sans doute jamais que tu existais, un fils en chute libre dont il eût pu être l'unique filet. Il fut transféré dans une prison du Nord, chez les *bakiga* qui le haïssaient, il partit avant que tu n'arrives.

Moi, je fus libérée. Le médecin du service pénitentiaire me dit : « Il sera sans doute prématuré, à moins que vous ne le perdiez avant » et sidérée je pensai : « Il n'aura pas de père, je ne peux pas recommencer, un autre enfant sans père, je ne veux pas, je ne peux pas, je vais m'en débarrasser. » Puis on me laissa rentrer à la maison après m'avoir concédé un instant volé pour *dire adieu à votre amant*. Ils utilisèrent délibérément ce mot d'*amant* car ils savaient qu'il me souillait, m'encombrerait, moi et sa descendance illégitime, partout où nous irions. Je n'étais qu'une femme, pas *sa* femme, et je n'aurais pas le droit de le visiter, une fois la porte du pénitencier passée. Que peut-on dire à son premier amour gisant dans une pièce aux murs éclaboussés, à un homme tabassé, désemparé, que peut-on dire d'une histoire qui se défait avant même d'avoir commencé ? « J'ai quelque chose en moi qui est aussi à toi, mais je n'ai pas l'intention de le garder » ? La belle affaire. Je lui dis que je l'attendrais, je savais que ça ne serait pas vrai.

De toi je ne parlai pas. Nous ne t'avions pas fait exprès.

Le silence est une arme défensive, lisse et froide, dont les femmes peuvent se servir la vie entière contre les hommes, contre leur progéniture, contre elles-mêmes. C'est une prison sans murs. Se pendre avec sa langue, n'est-ce pas cela que j'ai fait ? Tu te souviens qu'on avait autrefois un ministère de la *Condition féminine* ? J'ai toujours trouvé cela cocasse, une seule femme désignée par le président pour *porter la voix des femmes*. Ont-ils la moindre idée de ce que c'est, « la voix des femmes » ? Ceux qui disent que nous sommes bavardes ignorent tout des fleuves de mots que nous taisons. Que se passerait-il si nous nous mettions à parler *littéralement*, à dire les désirs innombrables d'avortement, les désirs liquéfiés de jouissance interdite, les désirs brûlants de pouvoir absolu ? Que se serait-il passé si, au lieu de ne m'ouvrir que le ventre, le médecin m'avait ouverte tout entière, avait mis à nu mon cœur et ma gorge qu'on appelle si bien *umutemeli w'ishavu*, le couvercle du chagrin ?

Le silence est mon seul bouclier. Je n'ai pas cessé de parler à ta mort, mon petit, je m'étais tue depuis bien longtemps et les larmes déversées à ta naissance, sur le lit de la maternité, étaient tous ces mots que je savais ne plus jamais devoir prononcer. Je m'en débarrassai définitivement alors, pour pouvoir te faire de la place, pour devenir une *fille-mère* et accepter que la douleur soit désormais un état inhérent à mon statut, pour apprendre à boire la honte dont les autres femmes allaient désormais se sentir autorisées à me couvrir, pour devenir une « histoire incroyable » qu'elles se raconteraient en se rassurant de ne pas avoir comme moi déshonoré la *condition féminine* qui rimait en ce temps-là avec décence et fidélité.
J'ai continué à parler, l'air de rien, par politesse, pour vous apprendre à nommer le monde : voici un cœur, voici une fleur, le chat est blanc, la poule est noire, Mama est grande, Bosco est petit, Blanche est moyenne, nous nous appelons famille. Derrière le choix soigneusement pesé des mots inoffensifs que j'ai utilisés pendant plus de vingt ans se tenait l'amas visqueux de tout ce qu'il me fallut taire pour vous défaire de mon passé condamné.
Puisque je devais continuer d'avancer, je décidai de le faire à mots réduits.

Pourtant, ce que j'ai pu être bavarde autrefois. Cela plaisait à ton père. Il disait gentiment moqueur que je finirais par me faire embaucher à Radio Rwanda. Quand nous nous sommes connus, rares étaient les familles à avoir un poste à la maison. Les gens allaient *kuvumba radiyo*, écouter la radio chez le voisin équipé. Tes grands-parents paternels faisaient partie de ces privilégiés. C'est sans doute une des premières choses que Damascène, ton père, me confia. Cela faisait partie de son plan de séduction, car il savait déjà mon goût immodéré pour la musique. Il connaissait toutes les chansons à la mode par cœur, même celles en anglais.

Tu te souviens ?

My Bonnie lies over the ocean
My Bonnie lies over the sea
My Bonnie lies over the ocean
Oh, bring back my Bonnie to me…

Je vous la chantais souvent le soir sur le banc, celle-là, et vous repreniez en chœur avec ta sœur « *bring back, bring back !* ». C'était lui qui me l'avait apprise.

Ton père partit de l'autre côté de l'océan, tu partis faire la guerre au Nord et chaque fois que votre absence m'envahissait, me menaçant de folie, je chantais cette chanson, comme une prière, comme une supplique au destin.

Vous êtes revenus vivants mais tout avait changé.

Si j'avais su. Combien de femmes, de mères ont rêvé de réécrire leur histoire privée de sens, à l'aune de ce qu'elles avaient appris plus tard, trop tard ?

Jamais je ne blâmerai Dieu pour ce qui m'est arrivé. C'est moi qui me suis trompée de prière en réalité. Au lieu de lui demander de vous ramener à moi, j'aurais dû le supplier de me ramener en arrière. L'art de détricoter son existence. J'aurais procédé comme avec ces couvertures faites de fils de laines différentes que nous confectionnions à l'école secondaire avec de vieilles pelotes que les sœurs recevaient d'Europe. On se trompe, on recommence. On apprend de nouveaux ornements et on défait le jersey, la monotonie des mailles à l'envers, mailles à l'endroit, pour les remplacer par des mailles manquées. Tu vois, si la vie pouvait être comme un tricot, on aurait l'assurance de pouvoir défaire les mailles actives juste en tirant sur un fil, tsss, juste en tirant sur un fil. Revenir en arrière pour en découdre avec ses erreurs et reprendre en main la trame de son histoire.

J'aurais attendu Damascène au lieu d'épouser le père de Blanche. Ou alors, si cette rangée-là de mailles était déjà bloquée, je me serais mieux prémunie contre l'amour de ton père et ses projets destructeurs, je t'aurais évité une vie de malheur. Non, je n'ai jamais eu envie de t'effacer une fois que tu as été là, rassure-toi.

Mais toi, tu te contrefiches désormais de tout cela, mes remords, mes regrets, n'est-ce pas, mon fils ? Seigneur, quelle misère ! Une vieille folle qui te parle toute la journée pendant que tu attends l'éternité. Une femme hébétée qui s'arrache les cheveux, se griffe la poitrine, se lamente des heures durant sans honte ni retenue. Mon pauvre enfant, j'aurais pu nous éviter cela si j'avais été capable d'adresser à Dieu les prières appropriées, efficaces et ciblées, au lieu de me perdre dans une conjugaison immature du conditionnel présent.

Si je pouvais revenir quinze ans, oh non, même pas, je n'en demande pas tant, neuf petites années en arrière. À la veille de la guerre.

C'est simple. Je vends ma maison à un négociant fortuné, demande un passeport, explique aux autorités que tu es atteint d'une maladie très grave pour ne pas éveiller les soupçons et nous emmène vivre au Kenya, non c'est trop près, tu aurais toujours pu rejoindre le front depuis Nairobi, une demi-heure d'avion ça n'aurait pas été une distance suffisante pour te faire dévier de ta trajectoire, plutôt en France, ou en Belgique, non, en France, comme ça j'en aurais profité pour organiser quelque chose pour Blanche avec son père. Oui, je suis sûre que comme ça, tout eût pu avoir une plus heureuse issue. Mon Dieu, mais alors, et ma sœur, mon père, mes frères, aurais-je eu le droit de les sauver de la catastrophe qui se préparait ? Et les avoisinants, les amis, tous les Tutsi du pays, aurais-je été autorisée à leur dire fuyez, fuyez, vous allez être effacés de la surface de la terre ?

Combien de personnes aurais-je pu sauver avec ce miracle, Seigneur tout-puissant, combien ?

Je tends l'oreille mais il n'y a que la pluie qui s'est mise à tomber pour me répondre.

Dieu savait ce qui se tramait et ne l'empêcha pas. Les puissances étrangères étaient informées de l'existence de listes des personnes à tuer, de caches d'armes. Elles ne firent rien pour arrêter notre extermination. Nous entendions les discours haineux à peine déguisés à la radio et nous restâmes cependant longtemps accrochés à l'espoir qu'ils ne mettraient jamais leurs menaces à exécution. Pas devant le monde entier, pas après toutes ces années de progrès. Dieu et le monde assistèrent à notre élimination les yeux bien fermés. Nos cris furent, fort heureusement pour eux, étouffés par le ruissellement de la grande saison des pluies.

Je suis assise dans ta petite chambre, sur ton lit couvert d'une poussière muette de sécheresse. Le ciel est clair derrière les vitres où coulent des gouttes d'eau, perles cristallines qu'une main invisible semble avoir enfilées régulièrement sur un fil de sisal. Elles se poursuivent sagement, glissent avec une rapidité gracile le long du verre et s'arrondissent harmonieusement, traversées par un rai de lumière brillant avant de disparaître sur le mur qui avale ces centaines de fantômes d'opale pressés.

Le temps s'étire indéfiniment, c'est un serpent mouillé qui m'enserre sans pitié. J'ai froid, je me glisse sous le couvre-lit de laine que j'avais achevé juste avant que n'éclate la guerre, pour t'aider à traverser les saisons froides.

C'était il y a neuf ans, une éternité.

J'écoute la musique des gouttes qui s'écrasent sur le toit de tôles galvanisées de notre maison. Le Créateur me parle-t-il en morse ? Tous les bruits qui tombent du ciel, la pluie qui tambourine, le soleil qui fait craquer le métal, les sons mats des fruits des jacarandas sont-ils des réponses à mes requêtes ? Nous ne pouvons pas revenir en arrière.

Si au moins je t'avais parlé – tu me posais tant de questions – quand il était encore temps. Ta sœur aussi me harcelait. Dis-moi son nom, comment vous êtes-vous rencontrés, pourquoi est-il parti ? Où est-il maintenant ?

Vos pères sont aux cieux maintenant. Et toi, mon Bosco, toi non plus tu n'es plus à mes côtés.

Plus un seul homme. Par ma faute.

Et voilà que je pleure, je verse sur mon sort des larmes inutiles et amères. Il ne sert plus à rien de parler désormais. Est-ce que tu vois mes yeux qui sans cesse s'éteignent puis s'éclairent, projetant dans l'air les silences insoutenables d'avant-hier ?

Ma sœur explique aux voisins que je suis devenue muette de chagrin, et tous acceptent ce diagnostic hasardeux. Tant de choses étranges se sont passées dans ce pays, l'humanité s'est dévoyée dans une proportion telle que, pour certains, rester debout, se saluer, être encore capable de croire aux capacités communicatives d'une accolade relève d'un miracle.

On a accepté mon silence comme on accepte les cris intempestifs ou la peur irraisonnée des autres.

Ce n'est pas ma voix qui a disparu, écoute : « Ah, oh, iiih ! » Chuuut, c'est notre secret, il ne faut pas que les autres m'entendent, c'est mon envie de converser qui s'en est allée.

Quand il est trop tard pour parler, on se tait.

Pendant toutes ces années, je m'enfermais dans la certitude qu'il fallait taire mon histoire pour me vider de la culpabilité. Je n'étais pas naïve, je savais que les gens n'avaient pas oublié, ce qui pouvait se dire parfois quand un étranger posait subtilement des questions sur notre famille atypique. Je laissais les gens radoter, moi j'avançais au présent.

Je ne pus leur interdire de vous parler. C'est par leur bouche que Blanche et toi, las d'attendre mes réponses, apprîtes ce qui s'était passé. Ce qu'on vous racontait était souvent approximatif, parfois faux, mais quelle légitimité aurais-je eue à m'en offusquer, moi qui ne vous avais jamais offert la moindre ébauche d'explication ? Je disais : « Ne croyez pas tout ce que vous entendez », mais les bribes récoltées ici ou là, au détour d'une conversation avec ma sœur, avec la bonne ou un enseignant maladroit, avaient déjà commencé à corroder la paroi de vos cœurs.

Vous aviez été des nourrissons babillants, inconscients, dont je parvenais à calmer les pleurs de ma voix mélodieuse, un chant, un baiser, un rien vous satisfaisait.

Vous aviez été des enfants curieux des plantes et des bêtes, conscients de la beauté des jours et de la vie quand elle se donne sans détour, dans un fruit, dans un rire, et mes histoires du soir sous les jacarandas en fleur vous comblaient d'une facile félicité.

Puis un jour, sans que j'y prenne garde, je me suis heurtée au regard tranchant d'adolescents insatisfaits qui réclamaient la vérité.

Quelque chose entre nous s'était épuisé.

Et chaque fois que j'essayais de commencer à raconter, mes phrases s'évanouissaient en d'incontournables points de suspension, se perdaient dans le souvenir d'une douleur que je ne pouvais pas me résoudre à vous transmettre.

J'ai cru vous protéger. Je me suis pendue avec ma langue.

Les larmes ont séché sur mes joues, y laissant une marque salée, le goût de l'amertume.

Neuf ans pour tout recommencer. Je pourrais encore apprendre à parler.

La pluie a cessé, le soir vient, je vais aller prier.

Cette chanson d'église que nous aimions tant ne cesse de revenir sur mes lèvres scellées depuis que tu es parti, t'en souviens-tu ?

Comme un souffle fragile
Ta parole se donne
Comme un vase d'argile
Ton amour nous façonne.
Ta parole est murmure
Comme un secret d'amour
Ta parole est blessure
Qui nous ouvre le jour.
Ta parole est naissance
Comme on sort de prison

La pluie a cessé, le ciel s'est tu. Dieu ne répondra pas à mes prières, même reformulées.

Blanche

Le jour où mon fils est né, on avait annoncé de la neige, mais elle n'est pas tombée. Le ciel est resté étonnamment bleu et ensoleillé. Il est arrivé au terme d'une nuit interminable. Les sages-femmes me disaient : « Votre col ne s'ouvre pas, votre col est trop étroit, ça ne va pas », me rabrouant comme si c'était moi qui refusais de le laisser sortir. Alors il a fallu me faire une césarienne à l'aube, car il commençait à manquer d'air. Le cri strident qu'il a poussé en sortant de moi a eu pour effet de me délivrer d'un flot de larmes contenues depuis des mois, depuis la visite que je t'avais faite, à Butare, huit mois auparavant, Mama. Et j'ignorais ce qui, de la joie que me procurait l'évidence de son existence ou du chagrin de ne pas t'avoir à mes côtés en ce jour précis, provoquait cet irrépressible débordement.

Quand son père l'a pris dans ses bras, il n'a pu s'empêcher de déclamer, engoncé dans sa ridicule blouse jetable verte, quelques vers qu'il avait dû se répéter en boucle dans sa tête pendant que l'on extrayait son fils de mon corps :

« Au bout du petit matin… j'entendais monter de l'autre côté du désastre, un fleuve de tourterelles et de trèfles de la savane que je porte toujours dans mes profondeurs. » On aurait dit une bénédiction profane. L'anesthésiste amusé lui a demandé si c'était de lui, Samora a répondu cérémonieusement : « Non, monsieur, c'est de Césaire » et le médecin n'a rien trouvé d'autre que cette remarque, sans doute pour montrer qu'il savait de qui il s'agissait : « Ah, vous êtes de la Martinique, alors ! » Ça sonnait comme une assignation.

J'ignore si Samora s'est lancé, comme je l'avais souvent vu faire lorsqu'on nous demandait « D'où êtes-vous ? », dans une explication sur nos origines respectives, sur le lien entre les tourterelles du poème et la colombe du nom rwandais de son fils, ou dans un de ses discours enflammés sur le poète dont il affirmait qu'il avait forgé son *identité nègre*, car j'ai été, dès que l'on a eu fini de me recoudre le ventre, transportée dans une salle de réveil aux murs blancs et à la lumière tamisée où je me suis immédiatement endormie, épuisée.

Quand j'ai ouvert les yeux, il était assis à mes côtés, notre bébé dans les bras. Il m'a embrassé la main qu'il serrait depuis je ne sais combien de temps, puis m'a tendu la petite chose emmitouflée, sans un mot. En le mettant au sein, j'ai éprouvé une sensation qu'il m'est encore aujourd'hui difficile de décrire : l'impression que j'allais accomplir quelque chose qu'il m'avait toujours fallu accomplir, des gestes d'une évidence absolue qui auraient été en gestation en moi depuis une éternité. J'étais sereine, sa tête minuscule contre ma poitrine. Je me voyais jouant une scène mille fois vue, enregistrée minutieusement dans quelque recoin de ma mémoire dans le seul but de la reproduire ce jour, à mon tour.

Mais mon fils n'a pas réussi à prendre mon téton dans sa bouche minuscule.

La scène initiale de maternité, à laquelle j'aspirais, se refusait à moi.

J'ai tenté de le forcer, maintenant ses lèvres entrouvertes avec mon index tout en poussant le mamelon dans sa bouche, mais aucune succion ne s'enclenchait, rien. Nous étions comme deux pièces de puzzle inadéquates qu'une main d'enfant malhabile tente de forcer à s'emboîter. Mon insistance a fini par le faire pleurer, j'ai regardé son père, désemparée, il me l'a repris des mains et je pouvais lire dans son regard qui se voulait rassurant une incompréhension d'homme devant une mère incomplète, une femme *qui ne sait pas y faire.*

À ce moment-là, je me suis alors souvenue d'une autre scène, enfouie depuis une quinzaine d'années dans ma mémoire. Une scène de naissance dans le petit matin brumeux de Butare. Je devais avoir dix ans, peut-être moins. Nous avions été réveillées en sursaut par le bruit d'un homme tambourinant à notre portail, appelant à l'aide. Tu étais allée ouvrir, Mama, après avoir prestement enroulé un pagne au-dessus de ta robe de nuit bleue à points rouges – et je me demande en écrivant ces lignes comment il est possible que je me rappelle ce détail chromatique si précis – et avoir bu quelques gouttes d'eau, un réflexe de superstition culturelle, *kwica umwaku*, pour tuer la malchance qui risque de s'abattre sur celui qui adresse la parole à un inconnu sans avoir encore rien avalé au réveil. J'étais sortie sur tes talons. Bosco, qui n'avait rien entendu, était encore endormi. J'avais tenté de me glisser dans l'embrasure du portail, tu m'avais renvoyée à l'intérieur d'un geste vif de la main, je m'étais reculée, trois pas derrière toi, sans pour autant regagner l'intérieur de la maison encore emplie des lourdes odeurs de la nuit. L'homme soutenait une femme qui geignait, visiblement épuisée et très enceinte. Il avait expliqué qu'il venait de loin, que son épouse allait accoucher d'un moment à l'autre, qu'il l'avait portée sur son vélo depuis la colline de Zaza pour rejoindre l'hôpital de Butare, mais que l'enfant allait être là avant qu'ils n'aient atteint leur destination. Il t'avait suppliée : « Aidez-nous, je vous en prie, Dieu vous le rendra. »

Je ne t'ai jamais vue perdre pied dans les moments les plus angoissants que nous avons eu à traverser ensemble. Peut-être est-ce cette force qui t'a permis de rester en vie en 1994, de prendre très vite les bonnes décisions, celles qui t'ont sauvée.

Devant ce couple désemparé, tu n'avais pas hésité un instant, tu avais dit « Venez » et avais aidé l'inconnu à transporter sa femme, dont j'avais alors remarqué que le bas de la longue robe était trempé, jusque dans notre salon. Vous l'aviez étendue sur le canapé et tu m'avais donné l'ordre, d'une voix basse où je devinais une tension contenue, de courir chercher Prisca, la voisine infirmière, qui habitait près de chez nous, derrière la Banque commerciale.

Quand nous étions revenues, haletantes, tu avais déjà fait chauffer de l'eau sur la petite plaque électrique dont tu ne te servais qu'occasionnellement, *pour la faire durer*. Entre-temps, la bonne était arrivée et t'aidait à étendre des draps propres sur ton lit.

Bosco avait été réveillé par le bruit de voix et de casseroles et se tenait debout, à côté de la femme en travail qui pleurait en silence. Le mari visiblement dépassé était sorti dans la cour, il restait immobile, les yeux rivés sur la porte, triturant son vieux chapeau de paysan. Et toi, maîtresse impassible des opérations, tu lui avais dit : « Remonte sur ton vélo et roule jusqu'à l'hôpital. Dis-leur de venir avec une ambulance. Elle aura certainement accouché quand vous arriverez, mais au moins elle pourra être transportée dans de bonnes conditions jusqu'à la maternité. » Il avait immédiatement obéi, visiblement soulagé d'avoir une mission *d'homme* à accomplir. Bosco fut renvoyé dans sa chambre avec ordre de ne pas en ressortir sans y avoir été autorisé. Quant à moi, sans doute parce que, même enfant, j'étais une fille, tu m'avais laissée vous suivre jusqu'à ta chambre où vous aviez porté la femme et assister à la naissance, depuis le seuil de la porte que je n'avais pas osé franchir, les yeux mi-clos de frayeur. Je me souviens que la femme n'avait pas crié, que ça s'était passé très vite, que l'enfant fut emmailloté dans la nappe blanche neuve que tu venais d'acheter chez les Grecs, que lorsque l'ambulance arriva, longtemps après, tu fumais une cigarette sur la *barza* en discutant avec la voisine pendant que le nouveau-né tétait sa mère.

Je n'arrivais pas à allaiter mon bébé.

Et tu n'étais pas là, Mama, pour prendre le contrôle des choses, pour opérer un de ces petits miracles dont tu avais été capable quinze ans auparavant.

Mon bébé s'est endormi dans les bras de Samora, je lui ai signifié que je voulais qu'il me le rende, pour le garder contre moi, pour conjurer un éloignement dont j'avais perçu confusément la menace un instant plus tôt. Je lui ai demandé d'aller chercher une sage-femme pour nous aider.

Je ne cessais de me répéter alors : « Si Mama était ici, elle aurait pu m'apprendre. »

Dans mes tout premiers souvenirs d'enfance, vagues et confus, tu allaitais encore Bosco. Tu lui as donné le sein jusqu'à ses deux ans alors que pour moi tu as arrêté très tôt d'après ce que m'en avait dit tante Maria. Quand je t'avais interrogée sur les raisons, tu avais répondu, de cet air renfrogné que tu prenais immanquablement lorsque mes questions te forçaient à retourner sur le sentier de tes années de maudition, que ton lait avait tari parce que je ne tétais pas assez et qu'il avait fallu que ta sœur, qui heureusement avait un nourrisson du même âge, m'alimente à ta place. J'ai pensé t'appeler, c'était l'hiver ici, il était une heure de plus au Rwanda, je me suis dit : « Elle sera déjà levée, elle sera contente d'apprendre qu'elle est grand-mère. Elle me dira quoi faire. » Puis je me suis ravisée, imaginant déjà cette voix moqueuse que tu pouvais avoir pour me renvoyer la faute de nos dysfonctionnements. Tu allais dire : « Telle mère tel fils, il refuse de manger au sein de sa mère, comme toi à ton époque. » Peut-être risquais-tu aussi de me signifier que c'était parce que j'étais devenue trop blanche ici, que chez nous tu n'avais jamais entendu parler d'une femme ne parvenant pas à nourrir son enfant, me renvoyant une fois de plus à ce corps étranger, à ma différence vers laquelle tu avais tout fait pour me repousser durant mon enfance. Mes nerfs étaient à vif, je n'avais pas la force de faire face au moindre sarcasme, à la violence qui pouvait surgir à tout moment de ton imprévisible façon d'être ma mère. Je ne pouvais m'en remettre qu'à une inconnue pour surmonter cette barrière incompréhensible qui s'érigeait entre moi et mon fils, qui m'empêchait de performer pleinement ma scène initiale de maternité.

Samora est revenu, accompagné d'un petit homme noir au crâne rasé, un nez épaté surmonté de lunettes cerclées d'or. Je me suis redressée dans mon lit, serrant mon enfant endormi contre moi, décontenancée. J'avais appris par une compatriote qu'il y avait un homme accusé de génocide, un ancien gynécologue à l'hôpital de Butare, qui exerçait dans la région. J'avais pris alors le soin, pour écarter toute situation insupportable, de vérifier avant de m'inscrire dans cette maternité qu'il n'y avait aucun nom rwandais dans la liste des praticiens. Était-ce lui ? Mon regard passait affolé de Samora à cet homme souriant qui s'approchait de moi. Quand il ouvrit la bouche pour me saluer, toute crainte s'envola. Il avait un accent antillais.

La sage-femme était un homme.

Il avait des manières douces et ses doigts chauds se posèrent sur mon bras avec ce que j'imaginais être la délicatesse d'une mère idéale. Une complicité semblait s'être naturellement installée entre mon compagnon et lui, sans doute avaient-ils échangé quelques mots dans le couloir en revenant. Je savais que la méfiance devant un homme dans un métier « pour femmes » qu'avait dû ressentir mon compagnon pouvait être largement balayée par la reconnaissance communautaire, qu'il plaçait au-dessus de tout.

Moi qui avais grandi dans un environnement exclusivement féminin, je découvris qu'un homme pouvait en savoir plus que nous sur les soins à prodiguer à un nouveau-né. Il me montra patiemment les meilleures positions pour maximiser la succion, me parla de la crème à appliquer sur les mamelons pour éviter les crevasses, me décrivit les signes et la façon de gérer la montée de lait. Samora regardait par la fenêtre. Ne se sentait-il pas concerné ou était-il gêné par ma proximité avec le maïeuticien, cet homme qui touchait les seins de sa femme devant lui ?

Malgré tous les efforts, notre bébé ne parvenait toujours pas à téter.

Je consentis à lui remettre mon enfant pour qu'il puisse l'examiner avec ses collègues. L'angoisse de nouveau me submergea, primaire, nouvelle. Et je pensais à toi, Mama, lorsque tu m'avais avoué, aux premiers jours du génocide : « Je n'ai presque rien en réserve, je ne pourrai pas te nourrir plus d'une semaine, même en me privant de tout. » Désormais, je savais ce que cela provoquait, la responsabilité d'être parent. J'ai pensé : « Pourvu qu'aucune guerre ne traverse jamais le destin de cet enfant. »

Le maïeuticien est revenu. Il nous a expliqué que notre fils avait le frein de la langue trop court, que c'était une chose courante, surtout chez les garçons. Dès le lendemain, un médecin allait lui faire une freinectomie, une ablation du frein qui se pratiquait très facilement au laser et qui allait « permettre de libérer sa langue dans toute son amplitude ».

J'ai appris à tirer mon lait avec une machine sur roulettes qui faisait un bruit effrayant, j'ai envoyé Samora m'acheter de faux mamelons en silicone et de la crème anti-crevasses, je me suis pliée à toutes les préconisations occidentales du moment pour un « allaitement réussi ». Et mon enfant a fini par prendre mon sein.

J'ai fait le deuil du fantasme de la scène de maternité originelle.

L'officier de l'état civil se présenta à ma chambre le lendemain de la naissance de mon fils, alors que je l'avais accompagné au bloc se faire opérer la langue. C'est donc Samora qui fit sa déclaration.

Je t'avais consultée par téléphone, quelques semaines auparavant, pour choisir son deuxième prénom, que je voulais rwandais. Tu avais proposé *Kanuma*, la petite colombe, en disant : « Il sera un symbole de la paix retrouvée », et aussi *Hategekimana*, qui avait été le nom de ton père.

Samora, qui trouvait formidable l'idée de lui donner ce qu'il appelait un « nom natif africain », opta immédiatement pour le premier. J'étais plus dubitative. Après Immaculata et Blanche, il me semblait qu'une colombe prolongeait plus qu'il ne fallait la référence à la blancheur dans notre lignée. Mais l'enthousiasme du futur père, et la signification du patronyme de grand-père, « Seul Dieu décide », de même que la sonorité, qui rappelait trop le nom de l'ancien dictateur *Habyarimana*, éliminèrent d'office la deuxième option.

Est-ce l'officier de l'état civil qui commit une erreur, ou est-ce Samora qui n'osa pas m'avouer qu'il avait égaré le papier sur lequel j'avais pris soin d'écrire en lettres capitales ce choix de nom, se hasardant à épeler un mot d'une langue qui lui était totalement inconnue, parce qu'il était convaincu de s'en souvenir ? « C'est court, c'est simple, facile à retenir », avait-il versé dans la liste des arguments favorables pour *Kanuma*. Samora avait parfois l'assurance démesurée de ceux qui ont trop longtemps douté de leur identité.

Le fait est qu'au retour de la salle d'opération, après la première tétée encore laborieuse mais pleine de promesses, Samora me tendit fièrement le livret de famille où était désormais inscrit notre fils. Dans une écriture aux lettres rondes et conventionnelles figurait le premier prénom,

« Stokely », correctement orthographié. Je sur-
sautai en découvrant qu'une lettre avait été modi-
fiée pour le deuxième prénom. En lieu et place de
la petite colombe *Kanuma*, je lus et relus, pour
m'assurer que mes yeux ne me trompaient pas,
« Kunuma ». Puis éclatai d'un rire nerveux.

« Il y a un problème ? » s'enquit Samora, déjà
occupé à bercer Stokely dans ses bras.

Je lui montrai la lettre erronée. C'est son hésita-
tion qui me laissa penser que la faute venait de lui.

« Kunuma. Ça veut dire tout autre chose. »

Son regard perplexe. Je m'en souviendrai toujours.

« C'est un verbe à l'infinitif qui signifie : se
taire d'un silence absolu, devenir muet. »

Il se confondit en excuses vagues, précipi-
tées, puis affirma : « Il faudra le changer. » Je
ris encore, presque amusée de cette idée : « Tout
le monde change de nom dans cette famille, toi
qui te fais appeler Samora, moi qui ai troqué
Blanche pour Barbara… Il ne fera que suivre nos
drôles de mœurs, en somme. »

Nous avions prévu de te téléphoner ce jour-là,
pour t'annoncer la naissance de ton petit-fils.
Samora avait acheté plusieurs cartes téléphoniques pour être sûr d'avoir le temps de te parler
convenablement, le coût de la communication
était si élevé pour le Rwanda.

Mais j'étais fatiguée, je n'avais plus la force
d'aller dans le couloir central, au rez-de-chaussée
de la maternité, où se trouvait l'unique cabine télé-
phonique accessible aux patientes. J'ai demandé à
mon mari de s'en occuper et surtout de te dire

que je t'appellerais le lendemain. Vous ne vous étiez parlé qu'une seule fois au téléphone depuis mon retour en France, lorsque je t'avais informée en même temps que je vivais avec un homme et que j'allais avoir un enfant de lui. Cela ne fut pas particulièrement facile, ni pour toi ni pour nous. Ta voix n'était qu'inquiétude.

« Vous n'êtes pas mariés, ma fille, ne m'as-tu pas vue assez souffrir pour être mise en garde ? Et cet enfant, comment allez-vous l'élever, tu viens à peine de terminer tes études, et ce garçon que je ne connais pas, qu'est-ce qui te dit qu'il va rester, comment peux-tu faire ainsi plus confiance à un inconnu qu'à ta propre mère ? Et la Martinique, c'est où, il ne veut quand même pas t'emmener vivre chez lui ? »

La conversation m'avait coûté une fortune, il avait fallu plus d'une heure pour que je vienne à bout de tes craintes. Une à une, j'avais répondu à toutes tes questions, avec le calme de celle qui fait un pansement sur une plaie à vif. À mes côtés, Samora ne comprenait rien à ce que je disais, il voyait mon visage tendu, devinait les arguments, savait, parce que je le lui avais confié, combien la parole entre toi et moi pouvait être malhabile et blessante.

Je t'avais détaillé nos conditions matérielles de vie, comme je l'aurais fait devant une assistance sociale :

« Samora travaille déjà, il a un bon travail de comptable dans une grande société, et moi je n'ai pas perdu le poste d'infirmière décroché à la fin de mes études. Ici, en France, on donne aux femmes enceintes un long congé maternité qui leur permet de continuer à être payées après leur accouchement. Je reprendrai mon travail quand le petit aura quatre mois. Non, il n'y a pas de bonne à la maison pour le garder, nous avons obtenu une place en crèche où des personnes très bien, des professionnelles de la petite enfance, s'occuperont de lui avec d'autres bébés. Nous avons un appartement, tout ce qu'il faut pour bien s'occuper de l'enfant, nous allons nous marier très vite, avant la naissance. Je ne vais pas devenir une *fille-mère*. Samora a une mère tout ce qu'il y a de plus française, qui nous aidera à élever le petit, quant à son père, eh bien, il ne l'a pas connu, ne sait rien de lui sauf qu'il était de la Martinique, c'est une île française des Caraïbes, tu peux regarder sur une carte, où il n'est allé qu'une fois, et donc non, nous n'avons pas l'intention d'aller nous y installer. Tout va bien se passer, Mama. »

Quelques semaines plus tard, je t'avais envoyé une photo de notre rapide passage en mairie, en te promettant que nous viendrions célébrer les noces à Butare, dès que possible, à tes côtés, et j'avais eu l'impression que les choses étaient désormais bien engagées. Tu m'avais écrit une longue lettre dans laquelle tu me donnais mille et un conseils sur la façon de mener désormais ma vie d'épouse, pour que mon couple soit solide et dure jusqu'à la fin de nos vies. Je l'ai précieusement conservée dans une boîte à chaussures, avec tous les courriers que j'ai gardés de ces années où nous nous écrivions encore, ces enveloppes venues du Rwanda qui avaient été le plus souvent postées en France ou en Belgique par des personnes de passage à Butare auxquelles tu les confiais. Quand la poste rwandaise s'était remise à fonctionner à peu près correctement, j'avais retrouvé avec nostalgie les timbres aux dessins naïfs d'avant. Combien d'années a-t-il fallu au nouvel État pour imprimer des timbres bien à lui ? Tout était à refaire, l'hymne national, le drapeau, les billets de banque, pour tourner la page et construire une autre identité nationale. Je suppose que les timbres n'étaient pas une priorité. Plus personne n'écrivait, on se téléphonait et bientôt, très vite, on s'enverrait des e-mails. Le timbre de ta *lettre de conseils à une jeune mariée* représentait un plant d'*iboza riparia*, cette plante médicinale très amère dont les Rwandais jurent qu'elle peut tout guérir, l'*umuravumba*. Je m'étais demandé si c'était toi qui l'avais choisi sciemment, une façon de me prémunir contre le mal d'amour qui me guettait, de me dire que l'amertume fait partie intégrante d'un mariage réussi, signifiant par là qui dure jusqu'à la fin du dernier jour, qu'il faudrait apprivoiser le souvenir astringent que laisse sur les lèvres la fin des baisers du premier jour. En relisant ta lettre aujourd'hui, j'imagine le trésor d'imagination que tu as dû déployer pour me parler d'une vie de couple que tu n'avais pas eue, répétant sans doute des choses que ta mère t'avait dites le jour de ton union avec mon père, ce si beau mariage qui n'avait duré que deux ans, élaborant des principes à l'exact opposé de ce que tu avais vécu. Ton histoire ne devait pas se répéter, je devais fuir les lumières des passions qui t'avaient emportée, détruisant ta respectabilité, privant tes enfants d'un foyer rassurant parce que conventionnel.

J'espérais tellement que la naissance de ce petit-fils allait te réconforter de la peine d'élever seule deux enfants dans l'opprobre de tous, te rendrait le sourire que t'avait volé le génocide.

Un enfant, la naissance d'une colombe, *de l'autre côté du désastre*.

Immaculata

Anastasia, ma mère, avait un tout petit filet de voix. Elle était de celles qui semblent toujours s'excuser de prendre la parole ou qui n'ont que de délicats secrets à confier. Elle avançait dans le langage avec d'infinies précautions, donnait l'impression de peser chaque mot avant de le prononcer, de connaître précisément son poids et par conséquent d'avoir envisagé l'impact qu'il allait avoir dans l'oreille puis le cœur de celui ou de celle qui le recevrait. Les mots peuvent être tranchants ou s'enfoncer brutalement en nous comme des lances, nous écraser tels les gourdins cloutés que les tueurs utilisaient pour défoncer les crânes des nôtres au printemps 94. Les mots sont souvent comme de jolies calebasses décorées, creuses et fêlées sous leur apparence reluisante, ou traîtres quand un serpent s'y est lové, profitant de la nuit pour se glisser à travers son fin goulot et faire pénétrer dans le cœur des suspicions ou des inimitiés. Et ma mère, qui maîtrisait parfaitement les doubles sens de notre langue, prenait soin d'en faire usage avec parcimonie, pour ne blesser personne, pour ne pas laisser entendre le moindre écho hostile après une conversation en apparence anodine. « Rien de ce que nous disons n'est anodin, disait-elle parfois, rien n'est à laisser au hasard. C'est ainsi que naissent les malentendus qui engendrent des ressentiments qui feront à leur tour le lit de haines où pourraient germer des tueries. » Et elle ne manquait pas d'ajouter alors son proverbe préféré : *Ineza irenza umunsi, inabi ikagaruk'umuntu*, « Le bien que tu fais te permet de survivre, le mal que tu infliges te revient ». Elle disait sans doute cela en pensant à l'aide que nous avait apportée le voisin hutu lors des tueries de 59. Elle ne devait pas vivre assez longtemps pour voir les fils de ce même voisin, auquel pourtant son mari avait donné une vache pour le remercier de sa protection, effacer dans le sang sa famille et oublier de payer de retour le bien qu'elle s'était efforcée de leur faire sa vie durant.

Bosco, mon garçon, ta grand-mère était une excellente brodeuse. Elle avait appris cet art sur le tard lorsque ma grande sœur Maria était revenue avec du fil et du tissu de l'École familiale, l'école des filles privées de lycée qui n'avaient d'autre horizon que de devenir des épouses soignées et *évoluées* en apprenant à coudre, broder, cuisiner et à tenir un intérieur *moderne* comme on pouvait se l'imaginer en ces années-là de lendemains d'indépendance.

Maria s'y ennuyait à mourir et enrageait de ne pas avoir été admise à l'école secondaire alors qu'elle n'était pas mauvaise élève. Mais comme seule une petite minorité de Tutsi, les plus brillants, avait pu décrocher le sésame des sciences, elle rongeait son frein en attendant le mari qui la libérerait du crochet et des métiers à tisser.

Anastasia se découvrit un trésor d'imagination avec les fils colorés et l'aiguille que ma sœur lui abandonnait toujours au bout d'un instant d'exercice *familial*. Elle cousait comme elle parlait, avec finesse et parcimonie, sans jamais se tromper. Le plus souvent sa conversation était à l'image de ses motifs de broderie : pleine d'abstractions. Ses points de croix dessinaient des triangles enchevêtrés, ses proverbes ne disaient jamais ni oui ni non mais plutôt « Penses-y à deux fois ». Tu te souviens des napperons qui ornaient autrefois notre salon ? Tout était d'elle !

Tu n'étais encore qu'un enfant quand elle est morte, Bosco, je ne crois pas que tu l'aies souvent vue avec un ouvrage à la main, rapide et concentrée, absorbée. C'est pourtant la première image que j'ai d'elle quand je ferme les yeux aujourd'hui. Elle vous aimait beaucoup, toi et Blanche, je crois même que vous étiez ses petits-enfants préférés, sans doute parce qu'elle vous croyait les plus fragiles. Elle prenait toujours votre défense quand une dispute éclatait avec vos cousins ou que votre grand-père vous réprimandait un peu trop durement.

C'était une femme-murmure aux mains toujours fraîches comme une source, même en plein soleil quand elle travaillait dans les champs. Elle écoutait son mari tempêter ou lui faire des reproches à longueur de journée sans broncher et restait impassible là où d'autres auraient riposté ou élevé la voix. Elle aurait sans doute aimé que ses deux filles adoptent la même tempérance et nous prévenait : « Quand vous serez dans vos propres foyers, évitez de laisser votre bouche bâiller sans raison ; le mari est le fils d'une autre, votre parole ne vaudra jamais bien cher à son oreille ; évitez de colporter des histoires succulentes, le miel est aussi délicieux qu'il colle aux doigts de celle qui l'a volé, la désignant ainsi aux abeilles qui la piqueront aussi certainement que les médisances reviennent immanquablement frapper la bouche de celle qui les a mâchées avidement puis recrachées comme un bâton juteux de canne à sucre. »

Quand elle ne parlait pas, quand elle cousait ou vaquait à ses autres activités, Anastasia fredonnait une unique mélodie que nous n'avions jamais pu rattacher à une chanson connue. Le même air en boucle, comme pour occuper l'espace et éloigner toute tentation de lâcher une phrase qu'elle eût pu regretter. Cette petite musique lancinante qui l'accompagnait partout, comme l'odeur des feuilles d'eucalyptus qu'elle froissait et glissait dans l'ourlet de son pagne chaque matin, tissait autour d'elle une ambiance étrange qui, au fur et à mesure que nous grandissions, devint pesante pour nous et suspecte pour les autres. Une fois, je surpris une voisine en train de dire d'elle qu'elle devait être un peu folle, une autre fois, je vis deux de ses cousines échanger dans son dos une grimace significative. La mélodie du silence de notre mère nous pesait comme une constante cacophonie, comme un chuintement de radio qui ne capte aucune station en ondes courtes.

Est-ce en réaction au mutisme de ma mère, aux bouderies constantes de ma sœur que je grandis aussi bruyante et bavarde qu'elles étaient discrètes et silencieuses ? Peut-être était-ce juste ma personnalité, comme la tienne, Bosco, fut d'être taciturne. On me raconta que j'avais braillé sans discontinuer du jour de ma naissance à la cérémonie de *kwita izina* et *kurya ubunnyano*, qui se tenait huit jours après la venue au monde.

Mon frère Théophile, de dix ans mon aîné, aimait à la raconter avec moult détails, lui qui fut jusqu'à sa mort le plus fin connaisseur des rites traditionnels de notre maisonnée. Huit enfants de la famille, quatre garçons, quatre filles, furent invités. On leur donna de petites houes pour aller sarcler la terre derrière la maison de mes parents, puis, quand ils revinrent, on leur fit se laver les mains et les pieds avant de les installer dans la cour sur une grande natte, avec au centre un grand plateau de sisal tressé, dressé avec des feuilles de bananier sur lequel on avait versé leur repas : des haricots rouges, des colocases, des amarantes et surtout des petites boules de pâte de manioc symbolisant les crottes d'un nouveau-né. Le tout accompagné de lait frais et caillé. Selon Théophile, je criai durant tout le repas, au point que ma mère, qui n'était pas censée se lever tant que je n'avais pas souillé mon lange, avait bravé l'interdit et préféré courir le risque de malédiction pour aller nous isoler à l'intérieur. Une fois mangés les légumes et bu le lait, chaque enfant se présenta devant ma mère et moi pour m'attribuer un nom qui devait symboliser le cours de ma vie future ou les qualités qu'il me souhaitait. Tout le monde proposa des variantes faisant référence au besoin de sérénité ou de silence : *Utuje* (celle qui est calme), *Uziguceceka* (celle qui sait se taire), *Nyirakiragi* (la muette)…

Au moment même où mon frère Théophile prononça « *Nyirakiragi* », je me serais tue. C'est ainsi que mon père décida de me donner ce nom. Immaculata arriverait quelques semaines plus tard avec mon baptême chrétien, en hommage à une vieille tante récemment décédée.

Pour toi il n'y a pas eu de cérémonie de *kwita izina*. Quand tu es né, Bosco, je n'avais pas encore récupéré ma maison, je vivais chez Maria et son mari, nous trois dans une petite chambre dont nous sortions peu, je tentais de nous faire oublier des langues assassines qui travaillaient à répandre partout l'histoire de ma dégringolade. C'est à peine si mon père ne m'avait pas reniée pour avoir déshonoré la famille. Je n'avais plus d'amis, plus de mari, personne à part ma mère et ma sœur à convier à ta fête. Nous te donnâmes un nom et te fîmes baptiser en catimini, comme on enterre un cadavre encombrant. Je t'appelai *Muhoza*, celui qui console, sans grande conviction, presque un nom de fille, c'est dire.

Pour Blanche, ça s'était passé en grande pompe, le même jour que mon mariage avec son père Antoine et que son baptême religieux. C'est ma mère qui avait choisi le nom rwandais de ta sœur, *Uwicyeza*, un nom à double sens, comme je le réaliserais plus tard. Mais à ce moment-là, nous l'avions juste traduit à mon mari par un « Ça veut dire que c'est la plus belle ». Quatre des huit enfants présents étaient ceux de ses amis expatriés français, ainsi que le fils de mon patron belge de l'Institut de sciences agronomiques. Pour leurs petits estomacs occidentaux, nous avions remplacé les colocases par des pommes de terre et le manioc par des boulettes de viande. Ils ont quand même mangé avec les doigts – ce qui a beaucoup amusé les Rwandais présents –, puis ont bu du Coca en lieu et place du lait caillé. Les mères rwandaises ont forcé leurs enfants à boire le lait frais qui sentait encore la vache, les pauvres lorgnaient du côté des casiers rouges de boissons gazeuses, s'efforçant de faire honneur à leur tradition tout en rêvant d'être des petits Blancs. C'est moi qui avais choisi le prénom de *Blanche*, ce qui avait fait rire Antoine : « Elle ne l'est qu'à moitié, tu crois qu'avec cette appellation elle le sera un peu plus ? » Mais il avait cédé, reconnaissant que c'était un joli prénom et qu'il ne voyait pas pourquoi en priver sa fille sous prétexte qu'elle était brune de peau. Toi, je t'ai appelé Bosco simplement parce que je voulais que mes deux enfants portent un nom commençant par la même consonne. Si elle s'était appelée Marthe, on t'aurait nommé Marc ou Melchior.

Mes parents rayonnaient de bonheur ce jour-là, fiers de me voir enfin *arrivée*. Notre mariage civil s'était fait en catastrophe quelques mois auparavant, alors que j'étais déjà très enceinte et sans respecter la tradition de la demande de main et de dot. Mon père et mon frère Théophile, qui célébraient pratiquement tous les rites sur la colline et se targuaient d'être les derniers garants des traditions ancestrales de la région, m'en avaient voulu.

Notre mariage religieux devait faire oublier ces manquements en étant somptueux. J'avais une longue robe achetée à Kigali, avec un petit voile en tulle qui tenait sur un serre-tête de plastique, me donnant un faux air de communiante, et Antoine avait consenti pour la première fois de sa vie à quitter ses sandales et son short kaki pour des souliers vernis, assortis à son costume cousu par le meilleur tailleur du quartier arabe, à partir du tissu le plus cher de la coopérative Trafipro de Butare, à l'époque encore florissant. Mon père fit un long et beau discours. Puis il but un peu trop de Primus et passa le reste de la soirée à somnoler sur son fauteuil, un sourire énigmatique figé sur le visage. Songeait-il à la première fois qu'il avait vu un Blanc sur la colline, enfant, à cette peur bleue qui l'avait fait se cacher derrière un buisson avant de dévaler la colline « plus vite qu'une chèvre poursuivie par une hyène affamée », comme il nous le racontait lors des veillées de notre enfance à Ikomoko ? Dans son adresse aux invités, il dit qu'au-delà de la couleur de nos peaux Dieu nous avait créés à l'identique, capables de procréer pour offrir au monde de beaux enfants sang-mêlé qui réconciliaient aujourd'hui les fils des colons et les filles des colonisés d'hier. En traduisant à mon jeune mari, je pris soin d'édulcorer ce rappel historique teinté de politique, tout comme les innombrables références à la Bible qui émaillèrent son propos, mes parents ignorant qu'Antoine était athée et n'avait consenti à convoler devant le curé qu'après une nuit de larmes et de menaces de ma part. Mon père ne mentionna pas l'amour, cela devait lui sembler inapproprié un jour comme celui-là.

Comme à mon habitude, je parlai beaucoup et fort, surtout en français, à nos invités occidentaux, pour montrer à mes anciennes camarades de classe l'étendue de ma réussite sociale. Dans mon jeune esprit, le futur ne pouvait être qu'une coulée ininterrompue de béatitude.

Ma sœur Maria s'occupait de la logistique du repas avec son efficacité de commerçante aguerrie, et, de mémoire d'habitants de Butare et d'Ikomoko, on n'avait pas autant bu de bière ni mangé de viande depuis des lustres.

J'allais m'en vanter sans vergogne pendant les semaines qui suivirent, ignorant combien cette forfanterie de gamine me reviendrait en pleine figure plus tard, trop tard, quand le vent aurait tourné. Langue trop pendue finit par toucher le sol. J'aurais dû apprendre à me taire dès l'enfance au lieu de babiller sans discontinuer.

À l'école primaire, les maîtres se fatiguaient à me rabattre le caquet à coups de bâton d'eucalyptus ou de citronnier. Langue trop pendue, la fille de Hategekimana et d'Anastasia était toujours punie. Mais, malgré les remontrances et les châtiments qui laissaient sur mes bras de longues balafres, je continuais à jacter comme une poule ayant picoré du piment.

Je sus lire très tôt, magnétisme des mots, leur donner une forme dans ma bouche avant de les lâcher, chapelet de lettres à ânonner, une prière sans fin pour mes lèvres jamais closes. J'apprenais par cœur tout ce qui avait été tracé sur l'ardoise et sur le chemin du retour, la longue route avec ma sœur, je récitais « a e i o u » à tue-tête, elle pressait le pas pour me semer, moi je semais sur le sentier, au pied des tulipiers et des manguiers chétifs, des histoires, des secrets, la cour de récréation en regorgeait, j'étais sa chroniqueuse attitrée.

Tu avais un joli filet de voix, Bosco, je n'ai pas oublié ça, non. Tu tenais ça de moi, à n'en pas douter. Je t'ai parfois surpris en train de fredonner à la maison, quand tu te croyais seul. Derrière ton masque d'indifférence, il y avait un garçon ému à la moindre mélodie, les oreilles traînant toujours au salon quand la radio diffusait de la musique. Si je t'avais encouragé à apprendre à jouer d'un instrument, à chanter dans un groupe, peut-être ne serais-tu pas parti à la guerre ?

À l'école secondaire de Nyanza, j'intégrai la chorale avec une joie non feinte. Moi qui n'avais jamais été attirée par la contemplation de mon visage dans un miroir, qui évitais presque machinalement de regarder le reflet de mon corps trop long dans les vitres du dortoir, je m'épris de la tessiture de ma voix. J'appris de notre professeure de chant, une Canadienne à l'accent terriblement exotique, que j'étais une alto et ces quatre lettres devinrent source d'une fierté à peine voilée. Je prononçais à voix haute « alto » comme j'aurais dit « bravo », sous la douche, ou durant les corvées de nettoyage de l'internat. Celles qui allaient devenir mes meilleures amies, mes confidentes, Léocadie et Jeanne, se moquaient gentiment de moi : « Oh, tu es déjà prête pour rejoindre les anges dans le ciel, toi, ne chante pas trop fort sinon le Seigneur va vouloir t'engager dans sa chorale là-haut ! » Nous répétions deux soirs par semaine les chants de la messe du dimanche et j'y mis tant de passion que j'eus vite fait de connaître par cœur les paroles de tous les cantiques, chants d'offertoire et autres hymnes à Marie.

Au début, je compris à peine ce que je disais, car nous étions passées d'un enseignement exclusivement en kinyarwanda, à l'exception du cours de français, à l'interdiction absolue de parler notre langue maternelle une fois au secondaire.

Celles qui étaient surprises en train d'échanger quelques mots à la sauvette dans ce que les sœurs blanches appelaient le « dialecte indigène » se voyaient affublées d'une ardoise sur laquelle il était écrit à la craie blanche « Je suis un âne » et d'un ridicule bonnet blanc en toile. Elles devaient supporter en silence les quolibets des autres collégiennes promptes à leur jeter des « hi-han » à la figure. Et guetter la première camarade qui commettrait la même erreur pour lui refiler l'ardoise. La délation comme unique moyen de se défaire de la honte. Aucune des élèves n'avait jamais vu d'âne ailleurs que sur les fiches dessinées que leur avait montrées la sœur directrice à leur arrivée, ni entendu d'autre braiment que celui qui était alors sorti de sa grande bouche au rare sourire chevalin. Les religieuses blanches n'avaient pas essayé de savoir s'il existait dans la langue native de ces enfants un terme pour désigner les désobéissantes ou les faibles, qu'elles n'auraient eu qu'à traduire en français. Nous lisions des textes qui décrivaient les blés poussant sur les plaines de la lointaine Wallonie, apprenions à jouer des pièces de théâtre dans lesquelles d'étranges Moustiquaires se battaient pour récupérer les freins de la reine du Royaume de France, apprenions par cœur des poèmes annonçant l'arrivée du printemps après le long hiver, sur les rives d'une petite rivière dont on nous avait expliqué qu'elle naissait près du cimetière de Mont-Royal. Nous apprenions sur le papier les saisons, les montagnes, l'Himalaya et aussi le Kilimandjaro, plus près, mais qui semblait aussi improbable que le reste à des jeunes filles qui n'avaient jamais vu les volcans du nord de leur propre pays, à moins de 200 kilomètres de Nyanza.

Moi, je ne fus jamais attrapée en train de parler en kinyarwanda. Les premières semaines, à la récréation, je criais à tue-tête les deux seuls mots de mon répertoire qui me semblaient adaptés à la situation : « À moi ! La balle ! » Jusqu'à ce que silence s'ensuive. Nous étions des âmes à sauver, des ânes en sursis.

Je me souviens d'un soir, quelques années avant le début de la guerre, où je chantai les chansons apprises phonétiquement durant ces premiers mois à l'école secondaire. Ce que Blanche et toi aviez pu rigoler ! Notre petit banc craquait au rythme de vos mains claquant quand vous aviez réussi à reconnaître un mot de « vrai français » dans mon jargon.

La chorale fut mon premier refuge. Lorsque je chantais, même si je n'avais qu'une vague idée de ce que je disais, je comprenais totalement le sens de la mélodie, j'étais en harmonie absolue avec cette petite femme venue d'ailleurs dont les bras maigres qui descendaient et remontaient sèchement nous indiquaient le chemin. Je ne fus jamais perdue en musique, je l'aurais sans doute été sans elle. Quand ma mère me manquait, je fredonnais sa petite musique de douce folie, quand je m'ennuyais de ma colline d'Ikomoko, je laissais monter en moi la complainte des bergers que mon frère Théophile m'avait apprise en rentrant de l'école sous la pluie.

C'est à Nyanza que je rencontrai la musique moderne, celle qui était gravée sur des disques ou qui sortait du poste de radio. Pure magie. Mon premier amour, bien avant ton père. Ce furent les sœurs Magdalena et Léontine, les plus jeunes, qui nous regroupèrent dans le réfectoire les jours de fête et nous firent écouter des mélodies de leurs pays. Nous avions le droit de danser : elles nous apprirent la valse, que plus tard je vous enseignai dans notre salon de Butare, toi tu faisais le pitre alors que ta sœur restait très concentrée, et quelques pas de ballet.

Les jours de fête, notre chorale chantait la messe à côté de celles des autres écoles secondaires de la région, mêlant exceptionnellement les filles et les garçons.

Nous mettions un soin tout particulier à nos coiffures ces jours-là, les blouses et les jupes de notre uniforme avaient été repassées avec plus d'ardeur qu'à l'accoutumée. Nous savions que nous allions être attentivement scrutées. Surtout celles qui se tenaient debout sur l'estrade pour chanter. Les premières années, j'étais trop jeune et sans doute aussi trop « paysanne », comme nous expliquaient les filles de la ville avec une moue de dédain, pour comprendre ce qui se jouait alors, le langage de la séduction sous surveillance : danse des cils, regards brûlants immobiles, discrets frôlements des épaules. Je gardais les yeux fixés sur les mains virevoltant dans les airs de la sœur qui nous donnait le rythme, puis je filais me rasseoir à ma place en regardant mes pieds et rentrais avec les plus jeunes sans traîner sur le chemin.

Ma mère, qui me voyait repartir après les vacances avec un corps dont les formes s'arrondissaient visiblement, se mit à me couvrir de mises en garde : j'étais trop jeune pour penser aux garçons. Je la croyais, lui promettais, essayais de cultiver une discrétion que seule démentait ma voix. Je n'aimais que la musique. Le temps des garçons n'était pas encore venu. J'écoutais d'une oreille distraite les chuchotements surexcités des filles plus âgées qui parlaient d'untel ou untel qui leur avait glissé un mot, une lettre enflammée à la sortie de l'église ou à la descente du bus. Parfois je me demandais cependant si j'y aurais droit un jour moi aussi. En attendant, je dansais et chantais et mon corps grandissait, commençant à se tourner telle une plante à maturité vers une lumière inconnue que ma mère redoutait.

Je comprenais désormais tous les mots des chansons en français, l'amour n'avait pas encore de visage mais cent refrains pour dire ce premier frémissement.

Et puis je rencontrai ton père, Bosco.

J'ai oublié ce que nous chantâmes ce jour-là, c'était pour la Toussaint, nous avions décoré l'autel de lis et d'œillets blancs, il ne pleuvait plus mais il faisait froid, je portais un gilet de la même couleur que le ciel délavé. Mon front brûla longtemps d'un regard que je devinais fixé sur moi avant que je n'ose chercher son origine. Ton père était assis au deuxième rang. J'entrai dans la danse des chuchotements la nuit même au dortoir, des regards qui s'enroulent en passant les jours suivants, des pensées vagabondes sur le versant du désir.

Puis il y eut un premier mot signé « Damascène », une chanson recopiée d'une écriture fine et appliquée dont je n'ai pas oublié les couplets. Une chanson sur laquelle quelquefois je dansais avec toi enfant dans mes bras sans te dire combien elle me bouleversait.

Des décennies plus tard, il suffirait qu'une de ces musiques de mes années à Nyanza résonne pour que le temps, les ans qui avaient broyé mes élans premiers s'effacent, et que je me laisse de nouveau bouleverser par la même vague d'émotion incontrôlée. Entendre une mélodie de sa jeunesse, celle des jours où les possibles nous portaient au-delà des collines, l'envie de danser les mains levées avec la grâce de mes dix-huit ans : les rhumatismes disparaissent, l'amertume s'envole, je suis cette frêle jeune fille sous le regard de son futur amant et toute la tension du plaisir qui se profile à l'horizon tient dans la cambrure de mes reins, dans le port de mon cou qu'il a touché hier de sa main tremblante, dans mes lèvres humides qui tiennent le trémolo et j'ai toute la vie devant moi, un instant.

Tu es parti trop tôt, mon fils, pour connaître cette épiphanie nostalgique qu'une simple mélodie peut offrir aux vieux cœurs éplorés.

Stokely

À son entrée à l'école élémentaire, Stokely a été inscrit par ses parents dans un atelier d'initiation à la musique.

Il y avait toujours eu des disques dans leur foyer. Ceux de Samora : Otis Redding, John Coltrane, Richard Bona, Miles Davis, Son House, Bonga, IAM, Nèg' Marrons, tout Gil Scott-Heron et quelques classiques de biguine. Des hommes noirs.

Ceux de Blanche, des femmes : Miriam Makeba, Barbara, Nina Simone, Khadja Nin, Jeanne Moreau, Billie Holiday, Anne Sylvestre, Cesaria Evora, Cecile Kayirebwa, et des cassettes de musique rwandaise des années 80 et 90.

Deux oreilles, deux sensibilités. À quoi cela tient-il ?

Chacun écoutait sa musique quand l'autre était absent, il semblait que seule la rumba congolaise des années 60 et encore, les quelques tubes de l'OK Jazz, le *son* cubain et Scott-Heron réunissent leurs goûts pourtant peu éloignés en apparence.

Samora et Blanche aimaient danser. Avant la naissance de Stokely, ils avaient été de toutes les fêtes organisées par leurs amis afro-caribéens, étudiants, chômeurs ou jeunes travailleurs dans des chambres universitaires ou de petits appartements du quartier Saint-Michel, remplis de rires et de rythmes. Même après une journée harassante, même à la veille des examens, ils trouvaient l'envie d'aller se déhancher et formaient, de l'avis de tous, le plus beau couple, le mieux *sapé*, increvable sur les pistes de danse improvisées.

Comme pour faire mentir leurs mères respectives qui leur avaient dénié une reconnaissance du fameux « sens du rythme » censé habiter toute peau noire et métissée, ils apprirent ensemble à maîtriser les pas de la salsa, de la rumba, du zouk et du soukous qu'ils exécutaient avec une désinvolture maîtrisée devant leurs hôtes admiratifs de ce couple si bien assorti.

Ils avaient, dès les premières semaines de leur relation, mis en place un rituel bien à eux. Avant chaque sortie, ils passaient un long moment à choisir des vêtements assortis, elle agrémentait sa coiffure du moment (nattes, afro ou cheveux lissés) de fleurs artificielles de la même couleur que leurs tenues et lui s'était mis à porter des chapeaux (il trouvait aux puces ses panamas, casquettes plates en toile, Stetson, bérets, borsalinos). Puis elle partait la première, flamboyante. Une vingtaine de minutes après son arrivée, il faisait son entrée, dandy version sape, et après avoir distribué quelques *checks* à ses camarades et embrassé avec moult effusions ses copines à elle, il feignait de la voir pour la première fois, d'être subjugué par ses hanches girondes, de découvrir à quel point leurs styles étaient en concordance et s'avançait cérémonieusement vers elle pour lui glisser : « Madame, aurez-vous la bonté de m'accorder cette danse ? » La fête pouvait commencer.

Puis elle était tombée enceinte.

Elle avait continué à danser comme si de rien n'était, les premiers mois. Quand son ventre était devenu une belle évidence, elle avait troqué ses tenues colorées pour une longue robe noire confortable et élégante qui moulait harmonieusement ses formes de mère en devenir. Les fleurs sur sa tête toujours rappelaient les teintes de la cravate, de la chemise du père en devenir. Ils resplendissaient, plus complices que jamais, arrivaient désormais ensemble, ne se levaient plus que pour les danses au rythme lent, buvaient des jus de fruits et rentraient tôt, accompagnés par les regards attendris mais toujours admiratifs de leur cercle. Ses amies lui disaient : « Ça sera un père parfait, il a arrêté de boire et de fumer en même temps que toi, il est si responsable. » Elle pensait, convaincue : « Oui, j'ai trouvé le bon, nous serons une famille exemplaire. » Ils se devaient de réussir là où leurs mères avaient échoué. Lors, elle pensait encore que le cadre fissuré dans lequel ils avaient grandi était le seul fait de femmes inconséquentes qui n'avaient pas su garder les pères au nid.

Ils avaient emménagé dans un appartement plus grand, rue du Port, pour accueillir leur fils, Stokely – Samora avait déjà choisi le prénom, hommage non voilé au Premier ministre honoraire des Black Panthers. Elle avait peint les murs de sa chambre en jaune « pour lui raconter tout le soleil du monde », il avait fait coudre par une de ses amies sénégalaises des rideaux et une panoplie de bavettes, turbulettes et sacs à langer en pagne. Au-dessus du berceau, elle avait accroché le mobile en feuilles de bananier acheté à la coopérative artisanale de Butare lors de son voyage de juillet 1997, alors qu'elle ignorait encore sa grossesse.

Et pour la première fois, ils avaient écouté ensemble leurs disques respectifs. Ils avaient une préférence pour celui de l'Afro Cuban All Stars qu'il lui avait offert à leur premier Noël, neuf mois exactement avant la naissance de leur fils.

Là où les autres parents se demandent dans quelle mesure il faut donner une éducation religieuse au fruit de leurs entrailles et à quel dieu le vouer, Blanche et Samora ne pensaient qu'à contrôler les sons entrant dans les oreilles de leur enfant. Là où les autres lui apprennent à marcher, ils voulaient déjà le voir danser, prouver qu'il avait comme eux *le sens du rythme*. On lui a offert des doudous-tambourins, des hochets-maracas et des poissons-harmonicas pour le bain.

À ce régime-là, Stokely a très vite eu l'oreille musicale. Il a commencé tôt à taper en mesure sur la table basse avec des cuillères en bois, il se trémoussait dès qu'une note de musique l'effleurait. Les parents étaient ravis, et s'ils avaient déserté les soirées trop enfumées de leurs amis, ils ne manquaient jamais les concerts en plein air dans les parcs, les festivals où pouvaient s'écouter des groupes africains ou antillais, du jazz ou de la salsa à des heures compatibles avec le sommeil du petit. Ils se sont même mis à fréquenter le bal du 14-Juillet, où ils se moquaient gentiment de « ces

Blancs qui ne savent pas danser » et de leurs sau- tillements désarticulés sur de la variété sans âme.

Ils regardaient le conservatoire de musique, grande bâtisse imposante à deux pas de la rue du Port, avec la circonspection et la méfiance des pauvres devant les lieux de culture des élites. C'est donc avec une certaine crainte qu'ils ont autorisé leur fils à participer au programme « premiers pas en musique », fruit d'un partenariat entre son école et cette institution, proposé à tous les enfants de CP, sans discrimination aucune.

Ni l'un ni l'autre n'avait eu l'occasion d'ap- prendre à jouer d'un instrument ou n'avait été initié au solfège. C'était un monde inconnu qu'ils considéraient avec le respect un peu hostile des analphabètes devant un dictionnaire. Ils n'avaient jamais envisagé la musique comme quelque chose qui s'apprend assis, qui s'écrit sur du papier, quelque chose qui peut exclure au lieu de réunir.

Lorsque son fils est rentré en racontant, avec une vive émotion dans la voix, le basson, le cor, le violon, la flûte traversière et le hautbois, Blanche s'est dit que les ennuis ne faisaient que commencer.

« Et la grosse caisse, maman, oh c'était géant, la grosse caisse ! » avait-il répété toute la soirée.

« Nous savons parfaitement écrire le français et parlons sans accent, nous avons lu un tas de livres, bien plus que la plupart des Hexagonaux de notre condition, nous avons fait quelques études et sommes capables de cuisiner des recettes *du terroir*. Mais cette musique-là, cette langue-là, nous ignorons tout d'elle, elle n'a jamais parlé à notre âme, c'est un continent froid et dissonant qui nous laisse raides, comment vais-je pouvoir y accompagner mon petit sans faillir ? » s'est demandé Blanche.

Ensemble, ils sont allés à la médiathèque emprunter les disques conseillés à l'écoute par le conservatoire.

Vivaldi, Tchaïkovski, Chopin et Saint-Saëns se sont introduits dans leur intérieur. Le petit ne dansait plus, il écoutait et fredonnait, marquant la mesure avec un doigt levé pour imiter le chef d'orchestre qu'il avait dû admirer lors d'un concert pour enfants avec leur professeure. Un soir, en passant pour la quatrième fois *Pierre et le loup*, les parents se sont abandonnés à un rire contrarié et se sont rendus à l'évidence : « Stokely aime la musique de Blancs. »

Élever sa progéniture fait considérer avec plus de compréhension l'œuvre inégale de ses propres parents. Se démenant avec son ignorance face aux questions de son fils, Blanche pensait aux colères d'Immaculata quand, enfant, elle lui demandait de l'aide pour ses devoirs d'anglais ou de mathématiques à Butare. « Tu n'as qu'à mieux écouter en classe, petite étourdie ! Moi je te nourris et t'habille depuis tout ce temps, crois-tu que j'ai le loisir de prendre des cours du soir ou d'aller à l'université pendant que tu bâilles avec ennui au lieu de tout noter, de poser des questions à ceux qui savent ? » Il y avait dans cette colère tout le ressentiment tu contre un système qui n'avait pas permis à une jeune fille tutsi, pourtant brillante, d'être admise à l'université, toute la honte bue à l'époque où elle écoutait les conversations de son mari français avec ses amis expatriés, reconnaissant les mots mais sans parvenir à saisir l'humour ou les sous-entendus, ressentiment contre sa condition, nourri des milliers de petites humiliations accumulées depuis l'enfance, parce que fille, parce que pauvre, parce que tutsi.

Elle avait fait de son mieux, sans doute comme Blanche voulait le faire aujourd'hui pour accompagner le plus loin possible son fils dans un monde auquel elle n'avait jamais eu accès. Il avait suffi de trois générations pour que la transmission des clés de la vie, qui jusqu'alors justifiait l'autorité des aînés sur leurs descendants, devienne caduque. Immaculata avait quitté la colline, et les talents de culture ou d'élevage appris de ses parents, qui les tenaient eux-mêmes des leurs depuis toujours, ne lui avaient plus été d'aucune utilité. Les humanités de sa mère avaient semblé bien ridicules à Blanche à l'école française puis à l'université. Chaque fois, le champ des possibles s'était élargi, approfondi, laissait les anciens sur le côté et l'enfant de plus en plus tôt remettait en question le poids du labeur de ceux qui l'avaient précédé, leur culture, leurs valeurs.

Pour se prémunir du fossé qui risquait de s'installer entre son fils et elle, Blanche a décidé d'apprendre sa nouvelle langue, de partager sa passion. Il y avait déjà eu suffisamment de murs silencieux érigés entre les membres de sa famille. Quand Stokely a commencé à jouer de la clarinette en CE1, elle s'est inscrite à un cours pour adultes et a entrepris son apprentissage en même temps que lui.

Les fins de semaine, ils se sont mis à parler de tessiture, d'anche, de Mozart et de Brahms.

Samora s'en est trouvé exclu, il a pris la posture du railleur, répétant qu'il se méfiait de cette langue où une blanche valait deux noires, est allé jusqu'à interroger l'origine du bois d'ébène dans lequel leurs clarinettes avaient été taillées. Le fils n'y a pas prêté attention ; la mère, toujours l'esprit en alerte pour prévenir la moindre fissure, a proposé des ponts : « Quand nous serons assez bons, nous pourrons jouer tes standards préférés de jazz. »

Lui, de mauvaise foi : « La trompette, le saxo, même le piano sont des instruments de jazzmen noirs, la clarinette, c'est un truc de Blancs. Et puis, ça ne se danse pas.

— C'est faux, il y a eu très tôt des clarinettistes noirs, ils sont juste moins connus, et puis arrête de toujours voir les choses uniquement par la lorgnette de la mélanine ! »

Les premiers désaccords :

« Tu lui passes tous ses caprices, ne le laisse pas s'imaginer qu'il pourra intégrer un grand orchestre classique, on lui rappellera toujours qu'il n'est pas un vrai, il ferait mieux de se consacrer à ses études.

— Il est à l'école élémentaire, c'est important d'avoir une passion, moi, personne n'a cru en mes rêves.

— C'était quoi tes rêves ? Rejoindre en Europe un père blanc qui ne s'est jamais soucié de toi ? Parfois, il vaut mieux prévenir les petits de la réalité du monde dehors, ça leur éviterait bien des déceptions.

— Ne va pas gâter les premières années de mon fils avec ton ressentiment. Les temps changent, Stokely est français, c'est une nouvelle génération, plus métissée, plus ouverte, moins crispée.

— Moi aussi, je suis né français ! Et ça ne m'a pas protégé, les jeunes d'aujourd'hui aussi sont racistes, cesse d'être angélique. Même s'il devient le meilleur clarinettiste de France, s'il gagne en notoriété, les journalistes le présenteront toujours comme « immigré de deuxième génération ». Toujours. On tentera d'en faire un Oncle Tom, un collabo, un nègre de service comme Satchmo.

— Avec le prénom que tu lui as choisi, il n'a aucune chance, ils mettront plutôt un félin menaçant sur l'affiche à son nom.

— Ou alors ils lui demanderont de changer de nom, ou de vie. »

Et il racontait pour la trentième fois comment la grande chanteuse sud-africaine Miriam Makeba, au faîte de sa gloire, avait vu annuler tous ses concerts programmés aux États-Unis parce qu'elle avait épousé Stokely Carmichael, l'un des leaders du Black Panther Party.

Souvent il finissait par se radoucir mais, de rares fois, ils se tournaient ostensiblement le dos et s'endormaient sans un mot.

Mais il y avait encore mille et un moments de joie partagés, le matin au réveil, quand ils mettaient *leur disque* et dansaient tous les trois enlacés au son du piano, de la trompette, des maracas et des voix suaves des vieux Cubains, avant d'aller affronter ce que le père désignait comme *les dures réalités du monde*.

Au bout de trois ans de pratique, quand Samora s'est retrouvé au chômage à la suite de plans sociaux décidés par plusieurs grandes compagnies privées, alors que de nouveaux noms, *fonds de pension, stock-options, parachutes dorés,* habillaient dans les journaux une crise sans visage, Blanche a du arrêter ses cours pour augmenter les heures passées à l'hôpital. Dans le tram, après ses longues journées, elle écoutait les morceaux que son fils apprenait à jouer, se laissait apprivoiser par des rythmes encore un peu dépaysants pour ses oreilles, habiter par une beauté dont elle avait accepté qu'elle pouvait être universelle. Le père et la mère n'allaient plus danser, même au bal du 14-Juillet. Ils regardaient avec fierté leur fils gagner en assurance, ses doigts virevoltant sur le noir de l'ébène et le blanc du maillechort avec une élégante dextérité qui leur rappelait leurs pas de mambo d'autrefois. Aux concerts de fin d'année du conservatoire, ils cherchaient des yeux les rares autres peaux *basanées*, se saluaient avec une complicité dont tous les autres spectateurs ignoraient le sens, ce « Nous ne sommes pas les seuls à oser » que racontaient les sourires échangés. Pour les dix ans de Stokely, ils l'ont emmené à l'Opéra voir le premier chef d'orchestre noir de la vieille institution bordelaise, un Canadien originaire de la même île que Stokely Carmichael, Trinidad, diriger une sonate de Bach pour hautbois, clarinette et basson et un concerto de Gershwin. Ils s'étaient habillés de couleurs assorties, elle les fleurs dans l'afro, lui sur la tête un nouveau chapeau. Stokely, qui ne se sentait pas concerné par ces histoires de peaux, a simplement déclaré à ses parents qu'ils étaient *gavé beaux*.

Blanche

Comment charme-t-on un homme, Mama ? Par quels gestes, quels regards lui fait-on deviner son attirance sans se couvrir de honte ni passer pour une pute ? Une *malaya*. C'est ce mot que tu utilisais quand tu voulais me faire peur. Si tu ne te tiens pas bien avec les hommes, tu finiras comme les *malayas* de Tumba, là-haut sur la colline après l'université, celles qui couchent avec n'importe qui pour de l'argent. C'était une mise en garde récurrente, un horizon sombre que le ton grave, les sourcils froncés d'inquiétude inquisitrice me faisaient imaginer avec une profonde crainte, mais aussi une pointe de curiosité.

Un jour que nous étions allées rendre visite à ton amie Mama Doudou, qui habitait non loin de la rangée de bicoques longeant la rue que tu m'avais par deux fois déjà désignées comme le lieu de perdition, je suis sortie dans la rue jouer avec les autres enfants, portée par l'envie de voir *cela* de plus près. Je devais avoir quinze ans, j'étais l'aînée de la bande, chargée de les surveiller. C'était un dimanche après-midi, j'imagine que nous étions en pleine saison des pluies, car je me souviens de la boue rouge qui collait à nos sandales, du ballon qui éclaboussait les jambes en tombant dans des flaques, d'un ciel gris et bas. Je me suis assise sur la souche d'un arbre mouillé, de profil par rapport à la route, de sorte que de mon œil droit je pouvais épier ce qui se passait en face, chez les *malayas*, tout en faisant semblant de m'intéresser au ballet des enfants s'amusant. Une petite maison de pisé, tout en longueur, quatre pièces collées l'une à l'autre, quatre portes entourées chacune de deux minuscules fenêtres. Les portes, chambranle en bois, faites des mêmes tôles bon marché que celles qui recouvraient le toit, étaient ouvertes et des rideaux en tissu empêchaient de voir l'intérieur des pièces que je devinais sombres et petites. Deux femmes, jeunes, habillées comme on peut l'être un dimanche après-midi pour faire les menus travaux de la maison, un vieux pagne noué autour des hanches, un T-shirt large et délavé, les cheveux cachés par un foulard négligemment noué, étaient assises devant la maison sur de petits tabourets en bois. Un enfant d'un an environ reposait entre elles, assis sur une natte à même le sol, il essayait régulièrement de se lever en prenant appui sur les fesses d'une des femmes, sa mère sans doute, tandis qu'elle se penchait au-dessus de la bassine calée entre ses pieds, frottant énergiquement des vêtements dans une eau blanche de mousse. L'autre femme équeutait des haricots en fumant. Elles semblaient joyeuses, échangeaient des salutations bruyantes avec les rares passants.

J'imaginais qu'à tout moment un « client » (j'utilise ce mot aujourd'hui, mais je doute d'avoir eu à l'époque conscience que c'est ainsi qu'on désignait ces hommes-là) pouvait s'arrêter devant l'une d'elles, qu'elle se lèverait après une longue négociation. Il devait en être comme pour n'importe quelle vente au marché, non ? Elle vantant ses mérites, sa fraîcheur, sa beauté, lui essayant de faire baisser le prix, c'était la fin du mois, la paye n'était pas encore tombée, faisant jouer la concurrence, sa voisine semblait tout aussi appétissante, etc. Puis elle allait s'essuyer les mains sur son pagne avant de l'introduire dans sa chambre et de tirer la porte derrière eux.

Je me figurais qu'ensuite ils *le feraient* en silence. Je me demandais à quel moment il la paierait, avant ou après ? Et ensuite, allaient-ils ressortir ensemble ou séparément ? Pourrait-on lire sur leurs visages l'effet de *ce qu'ils venaient de consommer*, comme les plats très pimentés font dégouliner le front ou la bière fait briller les yeux ? Et le bébé ? Si la femme choisie était sa mère, allait-il se mettre à pleurer en la voyant l'abandonner pour s'enfermer avec un inconnu ? L'autre femme le prendrait-elle sur son dos pour le tranquilliser et l'empêcher de déranger sa mère *au travail* ?

Rien de tout cela n'est arrivé. Le seul homme qui s'est arrêté devant elles a été un vendeur ambulant de cigarettes que la fumeuse a hélé pour lui acheter une boîte d'allumettes et des chewing-gums. J'étais déçue. Mon petit manège n'a pas dû échapper aux deux femmes, car au bout d'un moment, l'une d'elles m'a fait un signe de la main, m'invitant à les rejoindre : « *Yewe*, toi, viens ici que je te dise quelque chose ! » J'ai tourné le visage, n'essayant pas de les ignorer, me suis levée et ai traversé la rue déserte à cet instant. Elles me souriaient. Celle qui m'avait appelée a essuyé sa main droite dégoulinante sur sa cuisse et me l'a tendue. Je l'ai serrée, muette. « Tu es la fille d'Immaculata, non ? » J'ai hoché la tête, intimidée. « Je connais ta maman, nous avons été à l'école primaire ensemble. » Cette information, la proximité qui avait peut-être existé entre elles, même lointaine, m'a semblé incongrue. Comme je restais là, immobile, visiblement mal à l'aise, la femme m'a dit, sans doute pour me libérer de cette situation inconfortable : « Il va pleuvoir bientôt, rentre les petits et salue ta mère de ma part. » Je lui ai balbutié quelque chose et ai retraversé la route sans me retourner. Elle avait dit vrai, les gouttes commençaient à tomber et il m'a été facile de convaincre la petite bande des enfants de Mama Doudou de retourner dans la maison. En me voyant, tu m'as demandé pourquoi j'avais les fesses mouillées. Je pense que je devais avoir un air terriblement fautif en t'expliquant que je m'étais assise sur une souche humide pour surveiller les autres.

Quand, en rentrant, nous sommes repassées devant la maison des *malayas*, les femmes avaient disparu et je n'ai pas osé te transmettre les salutations de ton ancienne camarade d'école.

J'avais quinze ans et ne pouvais pas imaginer que le commerce avec le corps d'un homme puisse être la source d'autre chose que de honte ou d'opprobre.

La séduction, c'est délicat. J'ai appris loin de toi à trembler comme un pétale dans le vent, j'ai découvert les effleurements, les gestes qui disent le ressac d'un cœur libéré, le toucher fondant, affolant. J'ai trouvé le chemin toute seule, Mama, malgré tes peurs, contre l'absurdité de tes mises en garde, tes leçons sur les atermoiements devant le plaisir, horizon à ne surtout pas atteindre, sur les pièges abjects cachés derrière les mots d'amour.

Avec Samora, heureusement loin de toi.

Cela s'est passé avec une simplicité que tes élucubrations ne m'avaient pas laissée deviner. Je le voyais pour la troisième fois, nous avions dansé toute une nuit durant, quelques jours auparavant chez une amie commune, il avait quelque chose de plus que charmant, des cheveux clairs et crépus comme moi, un regard désarmant. Et surtout cette assurance apparente dont j'avais toujours manqué. Il m'attendait, imprévu, à la sortie de l'école d'infirmières.

Il pleuvait comme il pleut souvent ici, un temps béni pour ceux qui veulent se rapprocher. J'avais un grand parapluie arc-en-ciel, il s'est proposé de le porter au-dessus de nos têtes et j'ai, avec ma main, tenu son coude, ma main reposoir en coupe, réceptacle ferme et chaud de son os dur et tiède, elle semblait destinée à l'accueillir comme un matelas de mousse enrobe un corps alangui prêt à se livrer au sommeil.

Il a suffi d'un emboîtement maintenu tout le long du trajet pour que la peau de son coude, la paume de ma main se disent « Ici, oui, maintenant ». Nos lèvres enchantées ne disaient rien, elles attendaient, nos pas comme des points de suspension nous ont menés jusqu'au seuil sombre de ma résidence universitaire où je l'ai invité à venir « attendre que la pluie cesse ». J'ai appuyé sur l'interrupteur et dans la lumière artificielle et froide du hall immense nos lèvres ont attendu un dernier instant, puis un coup de tonnerre étouffé venant du dehors nous a indiqué le moment où enfin elles pouvaient se rejoindre sans un mot, dans le même élan que nos corps qui s'aspiraient, que nos mains mouillées s'enserrant. À nos pieds le parapluie dégoulinant a été le seul témoin de ce premier enchâssement.

Samora a longtemps voulu être plus blanc que blanc. Personne n'y croyait, mis à part lui. Dans le petit village du Médoc où il a grandi, pourtant, ça n'était pas les *petits noms* le renvoyant à son statut de nègre qui manquaient. Mais il avait choisi de vivre dans le déni. Ce n'est qu'une fois atteint l'âge adulte qu'il a changé de couleur, ou du moins accepté celle qu'on lui avait toujours assignée. Il disait avoir eu une épiphanie en arrivant en ville, à Bordeaux, où il avait eu accès aux textes de Césaire et Fanon pour la première fois. C'est moi qui ai choisi ma condition, oui, pas les autres qui me l'ont imposée, aime-t-il encore à répéter. Je le laisse parler, si ça peut l'aider de voir les choses ainsi...

En réalité, il ne peut véritablement être ni l'un ni l'autre, et c'est là tout son drame. Il fait partie de ces gens qui pensent que la vie se trace uniquement avec des lignes et des angles droits, ignorant toute la latitude qu'offrent les courbes, les renflements cachés, les bulles qui prennent la tangente, feignant de ne pas voir la monotonie atroce des parallèles. Comme si les métis pouvaient jamais choisir entre blanc et noir, comme si un enfant pouvait jamais n'être que la mère ou le père. Même parti, même absent, ou peut-être surtout quand il s'est évanoui dans la nature, sa couleur nous colle à la peau. Son absence nous marque le front, nous écorche de l'intérieur, créant dans notre corps un flux tourmenté de sang-mêlé. Ce sont les autres, ceux qui croient avoir le luxe d'être monochromes, d'être indivisibles, fondus dans la masse rassurante de leurs semblables, qui nous somment de choisir, nous assignent, nous crucifient.

Toi aussi tu m'as souvent crucifiée, Mama. Chaque fois que tu disais : « Ça, tu ne peux pas le faire, n'oublie pas que tu es blanche, tu ne sais pas danser, assieds-toi, ton estomac n'est pas assez solide pour l'*urgwagwa*, prends plutôt un Fanta, si tu fais des tresses comme ça, on verra ton crâne trop clair, si tu viens sur ce marché avec moi, tu feras augmenter les prix. » Mais il arrivait que parfois tu oublies de me rappeler à ma différence, que tu me laisses n'être rien d'autre que ton enfant, juste une fille à laquelle il fallait apprendre à cacher ses cuisses ou ses seins naissants, à marcher à petits pas mesurés comme n'importe quelle autre Rwandaise *bien éduquée*. J'aimais ces moments où tu disais « vous » en parlant de ma cousine Francine et moi, indifférenciées, quasi jumelles nées la même année, réglées la même année. Nous étions devenues des proies pour les hommes ensemble, une source d'inquiétude pour nos mères le même jour. Francine est sans doute la seule qui ne m'ait jamais rappelé que j'étais différente, est-ce parce que sa mère nous avait allaitées et sevrées en même temps ? Ma tante nous raconterait plus tard comment elle nous installait l'une à gauche, l'autre à droite, comment nous gardions les yeux rivés l'une sur l'autre en tétant goulûment ce lait qui semblait ne jamais devoir se tarir : « Quand vous n'étiez pas accrochées à ma poitrine, vous partagiez tout ce que vos premières dents tardivement poussées pouvaient mâchouiller : une banane, une patate douce, une tranche d'avocat. Jamais vous ne vous disputiez les morceaux entre vous et vous aviez très vite appris à faire front ensemble contre les attaques de Thierry et Tharcisse, mes aînés qui tentaient souvent de s'approprier votre part. »

Il se tisse parfois dans le ventre des histoires dont l'esprit n'a pas conscience, Mama. Francine et moi avons bu le même lait exactement au même moment. Le jour où elle a été tuée, j'ai vomi sans discontinuer du matin au soir, mon estomac ne pouvait rien garder. Je venais juste d'arriver en France, j'ai pensé sur le moment que c'était le changement de régime alimentaire qui en était la cause, mais quand j'ai appris plus tard comment les miliciens lui avaient ouvert le ventre, celui qui avait digéré le même lait que moi, j'ai compris.

Tu vois, ici, des gens arrivent d'ailleurs depuis toujours. Des Italiens, des Russes, des Portugais, des Marocains, des Maliens. Les langues des pères et des mères ont été transmises sur une ou deux générations, elles ont parfois été coupées très vite parce qu'il fallait que les enfants deviennent de vrais Français. Les noms, qui se passent officiellement des pères aux enfants, ne peuvent s'effacer complètement, même tronqués, comme les « ian » de certains Arméniens, ils restent et se diffusent dans le corps social avec plus ou moins d'indifférence, plus ou moins de crispations. Les mariages aident parfois à brouiller les pistes, les filles se glissent dans des noms français avec le soulagement de ne plus s'entendre écorchées ou le regret d'abandonner un peu en s'effaçant beaucoup.

Mais ce qui reste le plus longtemps, Mama, et je m'en suis rendu compte très vite, c'est la mémoire du ventre. Les descendants d'un même lointain ancêtre enterré à Alger, à Cracovie, à Dakar ou Barcelone créent, en perpétuant des saveurs apportées dans les valises de l'exil, en se transmettant des recettes de mère en fils ou en fille, une communauté du goût qui jamais ne cède à l'anéantissement des origines.

Même lorsque la nostalgie s'est tarie, que les vieilles photos jaunies n'intéressent plus la dernière génération, demeurent des mets qui racontent encore dans la langue d'aujourd'hui les effluves de l'enfance, les fêtes et les rires d'accents tapis au tréfonds des blessures, des ruptures, des silences, qui ne disent pas leur nom. Toutes les malédictions ancestrales et les contes désuets qu'une épice suffit à ressusciter.

Quand je suis arrivée ici, j'ai tout de suite cherché les lieux où retrouver « le goût du pays », mais rien n'y correspondait, ni les plantains sucrées des Antillais ni le foufou des Camerounais ne pouvaient imiter les bananes *ibitoki by'inyamunyo* que tu préparais avec des arachides fraîchement écrasées et des aubergines blanches ou l'*ubugali* aux *sangalas séchés* des fins de mois qu'il fallait arrondir. J'ai appris à cuisiner français avec des produits français, et mon ventre en se gonflant vous a un peu oubliés.

Samora, lui, n'avait jamais mangé que la cuisine de sa mère, Médocaine depuis dix générations, qu'une relation sans lendemain avec un jeune Martiniquais venu faire son droit à Bordeaux avait un temps détournée d'une vie bien d'ici. C'est le fils qui avait décidé que son père était un futur avocat, en réalité sa mère ne lui en a jamais rien dit d'autre que « C'était un étudiant, la fin de l'année, il m'avait dit qu'il s'en irait dès le début de l'été ». Samora avait tout fait pour l'ignorer, vingt ans durant, puis un jour, par un étrange retournement qu'il n'avait su m'expliquer, il avait voulu donner un nom, un visage, une histoire à cette absence longtemps niée. Sans succès. C'est dans cette quête désespérée qu'il se forgea *sa nouvelle identité*. Quand je suis arrivée à Bordeaux, j'ai réalisé combien

les gens trouvaient étrange que ce qu'ils considéraient comme une Noire puisse se prénommer
Blanche, alors je me suis fait appeler Barbara.
À cause de sa chanson, cette histoire de fille
qui arrive trop tard pour pardonner à son père.
C'est faute d'avoir retrouvé ses origines noires
que Samora a décidé de changer de prénom, il
a choisi celui-là en hommage au leader de l'indépendance du Mozambique, Samora Machel,
mais surtout parce que Madiba et Sankara
avaient déjà été choisis par ses amis. Il a définitivement effacé le prénom que sa mère lui avait
donné. Moi j'ai gardé Blanche pour la vie privée,
pour l'amour et le chagrin.

Je me demande ce que tu diras de lui la première fois que tu le verras. Je te connais, tu sor-
tiras un de tes jugements cinglants et sans appel
en kinyarwanda comme ceux que tu m'as offerts
durant mon enfance, tout en lui parlant et lui
souriant dans ton meilleur français. À moins
que tu ne sois sincère. J'ai eu l'impression, en
te voyant l'année dernière, que tu avais lâché un
peu de lest, que tu avais perdu un peu de cette
rigidité qui te gardait autrefois constamment
sur le qui-vive. Peut-être as-tu compris qu'il ne
servait à rien de cacher ses émotions. Tu glis-
sais toujours ce proverbe dans les sermons
que tu nous faisais, pour nous apprendre la vie
sociale : *uguhisha kwakwanga umuhisha kubizi*,
si quelqu'un te cache qu'il te hait, cache-lui que
tu le sais. À quoi cela nous a-t-il menés, tous ces
sentiments camouflés ? Si nous avions accepté
de regarder en face la gêne qui montait dans les

regards, peut-être aurions-nous fui à temps. Mais pour aller où ? Les pays frontaliers étaient déjà peuplés de milliers de Tutsi qui n'en pouvaient plus de leur vie d'exilés. Je sais, notre sort était entre d'autres mains. Et ces proverbes étaient votre façon à vous, les adultes, de déguiser vos peurs depuis longtemps tapies sous un vernis de sagesse. Vous évitiez de nous parler des pogroms des années 60 et 70. J'essaie parfois de démêler pour Samora l'écheveau de notre histoire ; je lui dis que ça n'est pas parce que nous sommes africains que ça doit être caricatural, que chez nous aussi, c'est compliqué, et que ça l'est d'autant plus que, pendant un siècle, ce sont les autres qui nous ont raconté notre destinée, qui ont écrit notre récit national, l'ont pétri de clichés et de mythes éculés.

Mais peut-être verras-tu en Samora, quand je te le présenterai, ce que j'ai tout de suite deviné, mon double, métis comme moi échoué sur les rives d'un fleuve d'hypocrisie, celle d'un siècle qui a vu des hommes aimer, une nuit, une vie, des femmes à leur exact opposé puis rentrer chez eux, inconscients ou niant les *dommages collatéraux* que leurs amours d'une nuit, d'une vie, pouvaient causer.

Immaculata

Notre père les connaissait, lui qui quittait parfois notre brousse d'Ikomoko et marchait longtemps jusqu'à la grande ville de Butare, pour quelque affaire dont il ne jugeait pas nécessaire d'informer ses enfants. Notre mère aussi, c'est certain, en avait déjà vu, au moins un, puisque c'est elle qui nous racontait, les soirs de veillée autour du feu, quand la saison sèche avait éloigné la pluie en même temps que les moustiques et dégagé le ciel, le rendant si clair que nous pouvions voir se profiler à l'autre bout de la terre visible les dernières collines d'Ikomoko sur fond d'étoiles étincelantes, comment elle avait cru mourir la première fois que son regard s'était posé sur un *muzungu*. Nous l'écoutions abasourdis, et elle, pourtant si avare de mots en général, déployait, pour garder vive notre attention d'enfants fatigués et prompts à se chamailler, une trame faite de peur et d'un suspense qu'elle ménageait en interrompant son récit, le temps d'attiser le feu ou de boire une gorgée de lait caillé. Elle plissait les yeux et regardait au-delà de la cime des arbres de notre parcelle, concentrée, comme si l'époque dont elle nous entretenait se trouvait encore tapie dans les ombres de la nuit bruissant de bruits inquiétants. Mon père fumait sa pipe, adossé au mur en torchis de la cuisine, un sourire serein sur les lèvres.

« J'étais déjà une jeune fille en âge de me marier quand le sous-chef Rwagatare est passé dans tous les foyers pour exiger que les parents envoient leurs aînés à la chefferie, chaque après-midi, dès le lendemain, et durant trois lunes consécutives, pour faire ce qu'il appelait le *Tigisimu*. »

Tigisimu : un terme qu'elle prononçait toujours de la même façon. Il faudra attendre que j'entre à l'école secondaire et que j'apprenne le français, quelques années plus tard, pour retrouver le mot originel que leurs bouches *indigènes* avaient transformé : « catéchisme » était d'abord devenu *Gatigisimu* en changeant de langue puis *Tigisimu* en descendant dans la hiérarchie sociale.

Le roi avait ordonné que les jeunes suivent le *Tigisimu*. On ne contestait pas les ordres du roi. Les parents inquiets mais obéissants consentirent à laisser leurs jeunes se faire remplir la tête de cette chose étrange qu'on commençait à désigner aussi comme *le progrès*. Le sous-chef avait prévenu qu'un *muzungu* serait là, mais ma mère, ignorant ce que cette expression désignait, n'avait posé aucune question à ses parents. À l'époque, cela ne faisait pas partie des mœurs d'être trop curieux, c'était même prohibé par le bon sens et la décence. Il n'y a qu'à voir les circonvolutions et toutes les précautions oratoires que nous prenons encore pour introduire une question intime.

Je crois que ma génération aura été la première à manier sans vergogne l'art d'interroger sur le pourquoi et le comment de la vie des hommes d'ici et d'ailleurs, et à ne pas avaler les connaissances transmises par nos parents, qu'ils avaient eux-mêmes reçues de leurs parents, sans qu'aucune remise en question ne soit admise, parce que cela aurait été leur manquer de respect. Quand je vous voyais, Blanche et toi, Bosco, rentrer de l'école, vos cahiers remplis de points d'interrogation qui introduisaient chaque chapitre, vous donnant ensuite les réponses, le pourquoi du comment de la vie des plantes, des animaux, des hommes et de leurs guerres, je songeais à ce qu'aurait été la vie de mes parents s'ils avaient eu les mêmes cahiers, les mêmes livres, avant d'être colonisés, s'ils avaient eu la maîtrise du sens du *progrès* qu'on leur avait imposé sans leur demander leur avis, ni même prendre la peine de leur dévoiler les termes du contrat.

Ma mère n'avait aucune idée de ce qu'était un *muzungu* et c'est pourquoi, ainsi qu'elle nous le racontait avec moult détails cocasses accompagnés de gestes exagérés plusieurs années après, elle manqua s'évanouir en voyant arriver, sur le terre-plein où on les avait rassemblés pour le *Tigisimu*, un petit être vêtu d'une longue robe blanche dont elle crut d'abord qu'on lui avait arraché la peau. « Il avait une tête avec des yeux, un nez et une bouche comme tout humain, un cou, des bras qui bougeaient et sans doute aussi deux jambes comme nous bien qu'elles fussent cachées par une longue robe, mais on eût dit un lapin auquel on avait arraché la peau, il était rose comme les paumes de main d'un nouveau-né ! Certaines d'entre nous ont crié et sont allées se réfugier dans le petit bois de néfliers longeant la place où nous attendions assises par terre. Il a fallu les paroles d'apaisement longuement répétées par le sous-chef qui accompagnait le *muzungu* pour qu'elles acceptent de rejoindre de nouveau notre groupe. »

Mes frères, ma sœur et moi avons entendu ce récit des dizaines de fois, le réclamions avec insistance tant nous étions intrigués par cet homme qui avait terrorisé notre mère et ses camarades, pourtant déjà adultes, qui nous semblait plus mystérieux et inquiétant que toutes les bêtes sauvages et les esprits qui habitaient les contes que notre père consentait parfois à nous raconter. Plus tard, alors que j'étais devenue une élève de l'école secondaire où je pris l'habitude de côtoyer des Blanches au quotidien, je lui demandai quelques précisions sur cette histoire qui n'avait pas quitté ma mémoire : se souvenait-elle de l'année, de ce que l'être à la peau de lapin écorché leur avait appris, de ce qu'elle en avait pensé ? Mais elle m'avait répondu, c'était un de ces jours où les rares mots franchissant ses lèvres semblaient rescapés d'un long voyage en terre de silence, où elle avait ce regard capable de vous traverser sans vous voir : « J'ai oublié, que veux-tu qu'il nous ait dit ? Il nous a appris à aimer *Imana,* Dieu, et à le craindre, ce que nos parents nous avaient déjà enseigné, mais ça, il ne le savait sans doute pas. »

Elle n'avait plus rien voulu entendre : « Tu poses trop de questions, ça va te causer des problèmes. »

Quand ai-je vu un Blanc pour la première fois ? Je crois que Blanche me le demanda vers l'âge de dix ans, lorsqu'elle commença à comprendre que mon enfance avait été à mille lieues de la sienne, et que son métissage tenait plus d'un accident dans l'ordre des choses que d'une histoire naturelle. Je me souviens précisément que je venais d'entrer à l'école primaire, j'avais donc six ou sept ans. Nous étions en récréation, jouant sur le terre-plein devant le bâtiment de l'école dont la construction n'était pas encore achevée, quand une grande voiture noire apparut. J'en avais déjà vu une passer au loin sur la route menant à la ville, et ce monstre de métal qui soulevait à son passage autant de poussière qu'un troupeau de vaches affolées, loin de m'effrayer, m'avait grandement fascinée. Les enfants et les maîtres s'immobilisèrent, inquiets. Le premier instant de surprise passé, certains d'entre nous eurent la même réaction qu'autrefois les camarades de ma mère : ils se précipitèrent, les uns dans les salles de classe, les autres dans la bananeraie derrière l'école, d'autres encore se regroupèrent en grappes muettes et tremblantes derrière leurs maîtres.

La porte de la voiture s'ouvrit, laissant sortir des souliers puis deux jambes couvertes d'un tissu sombre, et enfin un corps d'homme comme nous n'en avions jamais croisé. Un murmure, puis une rumeur, s'éleva au-dessus de nos têtes figées, aux yeux ébahis. Le directeur de l'école nous fit taire en levant le bambou qui ne quittait jamais sa main, prompt à s'abattre sur le dos de tout retardataire ou récalcitrant. Il s'avança d'un pas vif vers le *muzungu*, le dos légèrement voûté. J'étais un peu perturbée par l'apparence de l'homme, qui ne correspondait pas parfaitement à la description que notre mère nous avait faite : il n'était pas petit, ne portait pas de chapeau étrange sur la tête ni de robe blanche couvrant les jambes et les bras.

Ainsi les Blancs pouvaient se présenter sous différents aspects.

Il tendit la main à notre directeur en lui souriant. Ce dernier la serra avec ses deux mains jointes, ce qui souleva un nouveau brouhaha dans notre troupe : « Il le touche, regardez il le touche, il va l'avaler ! » Je ne sais d'où vient cette croyance que j'ai longtemps entendue, même encore récemment chez les paysans des collines les plus reculées comme celle où j'ai grandi, qui poussait les adultes à dire aux enfants : « Attention, le Blanc va te manger, *umuzungu arakurya !* »

Le directeur invita le *muzungu* visiteur dans son bureau et nos maîtres durent user de leurs bâtons pour faire revenir un semblant de calme avant de nous faire rentrer dans nos classes respectives. Quand le bruit du moteur de l'automobile retentit dans la cour, nous fûmes tous parcourus par un long frisson d'excitation, mais nul n'eut l'audace de se lever pour regarder par la fenêtre avec le maître le *muzungu* qui s'en allait.

Dans les mois puis les années qui suivirent, d'autres Blancs, en voiture ou à pied, firent des apparitions de plus en plus régulières dans notre paysage quotidien. Les adultes savaient feindre l'indifférence polie, tout en leur jetant de discrets regards de biais, car j'imagine que pour eux aussi tout cela était curieux, mais nous, les enfants, avions immanquablement la même réaction. Tout véhicule paraissant au loin sur la route de Butare donnait le signal à des grappes de mômes qui quittaient précipitamment leur maison, cour, champ ou pâturage pour se regrouper à l'entrée de ce qui était en train de devenir le centre de négoce d'Ikomoko et attendre l'arrivée du véhicule en faisant des pronostics sur ses occupants. Quand c'étaient des Blancs, nous tendions le cou pour essayer de voir leurs visages, même si, de l'avis des plus jeunes, ils se ressemblaient tous comme deux gouttes d'eau. Ceux d'entre nous qui avaient un peu plus de bouteille et le cœur accroché osaient suivre en courant la voiture qui ralentissait immanquablement au virage menant à la mission. Les automobiles des *muzungu* s'arrêtaient toujours à la mission. Là, nous restions agglutinés devant les buissons d'euphorbe rouge, notre main collée sur la bouche d'étonnement et d'admiration, juste à la bonne distance pour voir les passagers sortir, ce qu'ils apportaient avec eux, malles, valises en carton ou instruments mystérieux, sans craindre les morsures du chien attaché devant la porte, ni le bâton de l'homme à tout faire des lieux qui était trop paresseux pour venir jusqu'à nous afin de nous chasser. Quand l'un des *muzungu*, qui ne pouvait ignorer notre manège, faisait un pas vers nous, sans doute pour nous saluer, c'était la panique. Nous détalions sans concertation, les plus grands poussant les autres dans les buissons d'euphorbe, dont la sève qui coulait abondamment des branches piétinées laissait sur nos vêtements des taches indélébiles, pour lesquelles nos mères ne manqueraient pas de nous punir sévèrement.

Et c'est bien longtemps après que les étrangers eurent pénétré dans la bâtisse en brique dans laquelle aucun de nous n'avait jamais mis les pieds que nous nous résolvions à rentrer chez nous, pour raconter ce que nous avions vu, avec quelques exagérations en prime, aux petits froussards restés derrière.

Un nouvel univers s'ouvrit à moi le jour de mon entrée à l'école secondaire de Nyanza. Non seulement le corps professoral était composé en grande majorité d'Occidentaux, mais surtout il s'agissait de femmes, donc d'êtres plus proches de moi, du moins par leur physionomie.

Tout chez elles était mystérieusement nouveau : leurs yeux couleur d'eau, leurs cheveux jaunes ou effilés, leurs odeurs que je ne pouvais rattacher à aucune autre connue. Je les observais longuement quand l'occasion se présentait : en classe, à la chapelle ou au réfectoire. Au début je m'asseyais toujours le plus près possible de l'une d'elles pour mieux l'examiner. Des questions restaient en suspens, et je n'osais les poser aux autres filles par crainte de passer pour « bizarre » : avaient-elles la même intimité que nous, leurs seins étaient-ils plus durs, plus pointus que les nôtres ? De quelle couleur pouvaient bien être leurs tétons ? Un jour que la professeure de biologie levait les bras pour accrocher une planche anatomique sur le mur, je vis les poils de ses aisselles : ils étaient blancs et frisés alors que des cheveux noirs, fins comme les épillets des papyrus plantés devant la classe, encadraient son visage d'un carré austère.

Les camarades de classe originaires de Kigali, Nyundo ou Zaza, où des missions avaient été fondées bien longtemps auparavant, se moquaient de ma fascination, elles qui voyaient des Blancs dans leur entourage depuis toujours.

Au fil des mois, des années, j'appris à connaître ce qui nous séparait : les objets, la langue, la nourriture ; mais aussi ce qui nous rassemblait : le rire, la musique, le mensonge.

Je devins une jeune fille *civilisée* que ma mère et mon père peinaient à reconnaître à chaque retour de Nyanza, aux vacances. Ils constataient que j'avais changé.

Et quand, à la fin de mes humanités, je leur annonçai que je ne comptais pas revenir vivre sur la colline, ils comprirent sans surprise que le nouveau pays m'avait complètement avalée.

C'est Léocadie qui m'informa, le jour de notre remise de diplôme, que l'Institut des sciences agronomiques du Rwanda, situé à Rubona, non loin de Nyanza, recrutait une assistante pour un des ingénieurs belges qui y travaillaient. Elle avait déjà un emploi réservé par son oncle, originaire comme Damascène de Gitarama, qui dirigeait un service du MINAGRI, le ministère de l'Agriculture. En ce temps-là, les jeunes diplômés hutu du Sud et surtout ceux de Gitarama, la préfecture du président Kayibanda, avaient l'embarras du choix pour intégrer la fonction publique.

Je me présentai dès la semaine suivante, sans avoir la moindre idée de ce qui était attendu pour ce poste, désireuse seulement de trouver un moyen de quitter le giron familial. Je rêvais de ce que je ferais avec mon premier salaire. Telle Perrette dans la fable de La Fontaine que nous avions apprise en cours de français, je m'imaginais tout ce que j'allais pouvoir m'acheter avec l'argent que je n'avais pas encore gagné. Le planton que je trouvai à l'entrée de l'Institut me fit longtemps attendre sur l'unique chaise en bois au dossier dur comme un carême qui se trouvait dans le hall d'entrée sombre et silencieux. Le soleil était déjà haut dans le ciel, l'air chaud de la grande saison sèche m'avait fait abondamment transpirer sur le chemin que je venais de parcourir seule, depuis la grande route où le bus allant à Butare m'avait déposée. La fraîcheur de la pièce, bien qu'elle me permît de gagner une contenance, m'intimidait. Qu'allais-je bien pouvoir raconter pour convaincre les gens de me recruter ? Léocadie m'avait obtenu, grâce à son oncle, une plaquette de présentation de l'ISAR que j'avais apprise par cœur la veille. Je savais que l'Institut avait été fondé en 1962, au lendemain de l'indépendance, pour prendre le relais, côté rwandais, du travail accompli depuis les années trente par l'Institut national pour l'étude agronomique du Congo belge. Je savais qu'il avait en charge la recherche « agro-sylvo-pastorale » visant à « développer de meilleures conditions de production et de vie d'une paysannerie qui avait souvent été victime de famines, en raison de l'érosion, de la méconnaissance des procédés modernes d'agriculture et d'élevage, mais aussi de la surpopulation ». J'avais minutieusement vérifié l'orthographe des mots dont j'imaginais qu'on allait me faire la dictée pour vérifier ma maîtrise du français. Mon diplôme tout neuf attendait dans une grande enveloppe de kraft que je le brandisse à quiconque voudrait vérifier que j'avais été une bonne élève, obéissante et assidue.

Le planton semblait m'avoir oubliée et je craignais qu'il ne se fût endormi sous sa casquette. Je songeai à lui demander de nouveau si quelqu'un pouvait me recevoir, quand des pas déterminés firent crisser le gravier de la cour d'entrée. Je me levai d'un bond, voyant que l'employé, qui s'était redressé lui aussi, me désignait de la main à un petit *muzungu* en short kaki et chemisette blanche. L'homme ne prit pas le temps d'écouter tout ce que lui disait l'autre, il entra dans le hall et sans s'arrêter me demanda de le suivre. Je me précipitai pour lui emboîter le pas. Je pense que c'est de ce jour-là que j'ai pris l'habitude d'aller au pas de course, cette façon de marcher dont tu disais qu'elle n'avait rien de féminin ni de rwandais, et que j'interdisais à Blanche d'imiter. M. Herbillon, c'était son nom, ne me fit pas passer d'entretien. Il jeta un regard distrait sur le diplôme que je lui tendais. Moi qui pensais être évaluée sur la qualité de mon français, sur ma maîtrise de la dactylographie, sur toutes ces choses *occidentales* que je venais de passer six ans à étudier assidûment, je me trouvai décontenancée quand il me posa sous les yeux une planche en bois couverte de haricots secs.

« Vous les connaissez ? Vos parents vous ont bien appris à cultiver avant de vous envoyer dans le secondaire, mon petit ? »

Il m'appela toujours « mon petit ». Je trouvai cela un peu humiliant et l'usage du masculin étrange, jusqu'à ce qu'Antoine m'explique que c'était affectueux, que les personnes âgées faisaient cela chez eux. Le vieux devait avoir une cinquantaine d'années, il était chauve et maigre, ne se départait pas d'un sourire fatigué qui allégeait la dureté de son visage aux pommettes saillantes. Je regardai les haricots, hésitai, puis répondis précipitamment, en les montrant d'un doigt tremblant, bénissant dans mon esprit mon père qui s'était toujours montré très pédagogue avec ses enfants pour toute chose, à la maison comme aux champs :

« Celui-ci, c'est l'*umubano*, celui-là, c'est l'*urunyumba* et ce dernier, je crois qu'on l'appelle *ngwinurare*. » Puis je levai les yeux vers lui, en quête d'un verdict.

« C'est bien. Vous commencez à travailler lundi. Vous habitez où ? »

Je n'en revenais pas. Ça avait été si facile.

Il me restait à peine un filet de voix pour dire : « Chez mes parents à Ikomoko, mais je vais chercher un logement à Butare pour être plus près.

— Parfait. J'habite aussi là-bas, je pourrai vous donner un *lift* pour faire l'aller-retour. Contactez donc la procure de ma part, je sais qu'ils ont un *home* pour jeunes filles du côté de la cathédrale, vous pourrez louer une chambre bon marché là-bas. Je vous attends donc lundi à 8 heures, il ne faut pas être en retard, hein, mon petit. »

Il me tendit un livre à la couverture noire : « Tenez, je ne sais pas ce que votre professeure de biologie vous a raconté sur les plantes, vous avez deux jours pour lire ce petit manuel, sans quoi vous ne comprendrez rien à ce que je vous ferai faire. »

Il ne me laissa pas le temps de le remercier. Il quitta son bureau par une autre porte que celle que nous avions empruntée pour y rentrer, la laissant ouverte. La passiflore qui recouvrait le mur blanchi à la chaux qu'il longea jusqu'à sa voiture frémit dans son sillage.

Je déménageai le samedi suivant à Butare. Chaque matin nous partions dans sa camionnette pour différents coins du sud du pays, parfois il fallait aller collecter des plantes dans la forêt de Nyungwe où l'ISAR menait des études sur la conservation et l'exploitation des forêts naturelles. On me fournit des bottes, je me fis coudre ma première paire de pantalons. D'autres jours, nous allions à la rencontre d'agriculteurs réunis en coopérative pour des séances d'information sur les nouvelles *semences* et sur les techniques culturales que l'Institut voulait diffuser sur chaque colline. J'assurais la traduction. M. Herbillon vivait dans la région depuis longtemps. Il avait, avant le Rwanda, travaillé pour l'Institut de recherche agronomique et zootechnique de Gitega au Burundi, mais ne pouvait pas dire plus de dix mots dans notre langue.

Les cultivateurs regardaient d'un air sceptique cette toute jeune fille qui bafouillait parfois, mais restait concentrée, désireuse de ne pas trahir les propos du Blanc, tout en ayant soin de rendre accessibles les termes scientifiques, les injonctions au changement que déversaient les lèvres fines de son patron. Ils devaient se demander comment une bouche si peu charnue pouvait contenir autant de mots, des mots secs ou des mots ronds à prononcer en se bouchant le nez, des mots mystérieux dont ils essayaient de deviner la teneur en regardant les yeux plissés du *muzungu*. Sans doute devaient-ils aussi trouver étrange que le représentant de cet Occident dont il leur disait qu'il avait développé un élevage très efficace et que ses greniers regorgeaient de riches vivres fût si maigre, et en déduire qu'il ne pouvait être complètement sincère.

J'étais trop fatiguée le soir pour aller me promener dans Butare, que je connaissais à peine. De toutes les façons, les étudiants étaient en vacances, les expatriés avaient pris leurs quartiers d'été chez eux, la ville paraissait endormie et seule la sortie de la messe du dimanche ramenait un semblant d'effervescence dans les rues propres et calmes.

Les autres pensionnaires du *home* pour jeunes filles m'expliquèrent qu'il y avait deux messes à la cathédrale : celle du petit matin pour les bonnes, les ouvriers et les paysans des alentours, et celle de la mi-journée à laquelle assistaient les *évolués*, dont certains venaient à moto, à vélo ou même en voiture. Comme j'avais fait des études et étais désormais une employée, je n'allais pas m'abaisser à aller à la première. Je pouvais enfin m'adonner aux délices de la grasse matinée et prendre le temps de me faire une beauté avant d'aller à la messe de 10 heures. Qui sait, peut-être y rencontrerais-je un jeune fonctionnaire pour faire un bon mari, comme l'avait fait la précédente locataire de ma chambre ? Cela faisait plus d'un an que ton père Damascène était parti de l'autre côté de l'océan et qu'il ne m'avait pas écrit une seule lettre.

Blanche

Juillet 1997. Trois ans après avoir fui le génocide, je suis revenue à Butare. À la maison.
J'avais dit « Odi » puis avais fait un pas timide
vers Bosco. Il m'a serrée dans ses bras. Un
soupir a traversé nos poitrines pressées l'une
contre l'autre. Puis il m'a repoussée d'un petit
geste connu, pour mieux me regarder. Il avait
commencé à faire ça à quinze ans, quand il était
devenu plus grand que moi. Mon immense petit
frère avait les épaules courbées et le dos affaissé.
Ses yeux ne disaient rien d'autre que l'étonnement. Ses doigts ont enserré mes bras, à m'en
faire souffrir, l'instant d'après il les a relâchés
brusquement. Une tape mécanique sur ma joue,
comme une gifle assourdie ou une bénédiction
qui se serait trompée de lieu ; ses mains étaient
fraîches. Il n'avait toujours pas dit un mot, j'avais
la gorge nouée. Le couvercle du chagrin était sur
le point de se soulever.

C'est à ce moment-là que tu t'es profilée dans
l'embrasure de la porte qui menait au couloir,
Mama. Tu as poussé un long cri, tu criais parce

que j'étais là. Ce n'était ni de la joie ni de la surprise, c'était plus profond et animal que ce que j'avais jamais entendu. Tu t'es jetée sur moi, ou plutôt entre Bosco et moi, on eût dit que tu voulais nous séparer, prévenir un crime sur le point de se réaliser.

Tu m'as enveloppée de tes bras maigres, as collé ta joue déjà mouillée contre mon oreille qui bourdonnait. Une jeune fille que je ne connaissais pas, sans doute la bonne, est arrivée en courant, alertée par ton cri, et a rompu la magie du moment. Je voyais ses pieds nus, très larges, aux orteils écartés d'une façon obscène qui laissaient des traces humides sur le ciment rougeâtre de la maison. J'aurais voulu sentir la fraîcheur de ce sol remonter dans mon dos, apaiser la douleur qui figeait mon corps.

Bosco a fait un pas de côté, se tenant à l'extrémité du salon, spectateur déjà absent d'une scène sans mots, il restait impassible devant nos yeux rougis, larmoyants.

« Mama, laisse-la s'asseoir, regarde, elle a l'air sur le point de s'effondrer.

— Oui, tu as raison. » Tu lui avais toujours donné raison.

Tu as relevé un pan de ton pagne noué lâchement sur une robe trop grande, aux couleurs passées, pour t'essuyer le visage, m'as assise de force dans un fauteuil en bois sans coussin. Je me demandais ce qu'étaient devenus nos meubles. Sûrement pillés. Le salon était presque vide. Quatre sièges, une table basse et dans un coin une commode aux portes vitrées. Des napperons au crochet partout. Eux, je les reconnaissais.

C'est ma grand-mère qui les avait confectionnés. Elle avait toujours un ouvrage à la main, aimait les couleurs vives et les formes géométriques. Si elle avait pu nous voir à ce moment précis...

Une famille à repriser.

« *Mwana wanjye ni wowe ?* Mon enfant, c'est toi ? »

Tu avais la voix grave, fortement enrouée. J'ai compris que tu t'étais remise à fumer.

Par la porte principale, je voyais un coin de ciel. Le soleil, maintenant à son zénith, faisait ruisseler sur le mur de briques des rayons blancs qui éclaboussaient les plantes. Dans les jardinières en béton poussaient des fleurs de canna hautes, jaunes et rouges, et de la misère. Elles profitaient un peu de l'ombre chiche d'un jeune bananier qui n'était pas là autrefois. La cour me semblait bien plus petite que dans le souvenir que je m'en étais fabriqué en exil. Le salon aussi, pauvre et étriqué. La nostalgie idéalise.

La bonne me mangeait du regard, elle avait dû voir des photos de moi, savait-elle qui j'étais ? Tu ne lâchais pas mes mains, tu semblais attendre que je dise quelque chose.

J'avais préparé dans ma tête une liste de phrases que j'imaginais appropriées pour différents scenarii. Hypothèse 1 : tu te mets en colère parce que je n'ai pas annoncé mon retour, je te vide tout mon sac d'un coup puis te plante là, libérée du poids de mon ressentiment. Hypothèse 2 : tu pleures de bonheur et me dis combien je t'ai manqué, me demandes de ne plus jamais partir, je prends le temps de te rassurer, profite pleinement de la joie retrouvée et attends le moment opportun pour raviver le passé. Hypothèse 3 : tu m'as menti sur ton état de santé, tu as de lourdes séquelles physiques du génocide, je te convaincs de revenir en France avec moi et contacte Samora pour préparer une hospitalisation à Bordeaux.

Je pensais avoir tout balisé, dans l'avion qui me ramenait.

On ne balise pas un effondrement.

Je ne savais quelle attitude adopter. Ta bouche me souriait mais tes yeux étaient d'une tristesse insondable. Je n'avais pas inclus la présence de Bosco dans mes prévisions angoissées. Comment avais-je pu l'effacer ? Je savais pourtant qu'il était revenu, qu'il vivait à la maison depuis son retour du front. Comme si cette histoire ne concernait que toi et moi, moi et toi, Mama.

Il était là entre nous, il l'avait toujours été.

Vous attendiez que je parle. C'est moi qui étais partie, c'est moi qui devais retisser le fil de la conversation, indiquer là où nous devions la reprendre. Donner le tempo. Dans ma tête, les mots préparés défaillaient, ils n'avaient plus aucun sens, s'enfuyaient à contre-courant. La petite bonne était discrètement sortie de la pièce, le silence se reconstituait autour de nous, épais, poisseux. Comment nous parlions-nous avant ? Il me semble que je l'avais oublié. À quel avant est-ce que je voulais revenir, d'ailleurs ? Il y en avait deux. Non, trois.

Avant le 1er octobre 1990 et le début de la guerre civile, avant que tu n'aies été jetée en prison avec tous ceux que le gouvernement accusait d'être des *ibyitsos*, des traîtres complices de leurs frères tutsi exilés qui avaient attaqué le pays, et que tu en reviennes six mois plus tard, la peur figée dans le corps ?

Avant 1991 et le départ de Bosco au front ? Sa disparition soudaine, l'incompréhension jusqu'à ce que nous recevions un petit mot passé clandestinement qui disait : « J'ai rejoint les amis de mon père, préparez-vous, nous arrivons » qui n'avait fait qu'augmenter ton inquiétude, Mama ?

Nous étions restées seules à l'attendre, à combler les vides causés par la déflagration de cette absence avec des prières et les chants qu'il aimait. Nous parlions de moins en moins.

Avant avril 1994, avant que je ne fuie Butare, où le génocide n'avait pas encore commencé, alors qu'on machettait déjà partout ailleurs dans le pays, quand tu m'avais confiée au convoi des expatriés évacués par l'armée belge pour me faire passer au Burundi ? Tu n'avais plus eu alors personne à qui parler.

Trois « avant », trois ans et demi pour une dégringolade, une fuite en avant vers un désastre que nous n'osions pas voir venir. Nous avions traversé ces temps troublés sans savoir comment les nommer. Tout le monde à Butare s'accordait à dire « Il y a un vent mauvais », *Hari umwuka mubi*, mais en fait de vent, c'est un ouragan qui allait s'abattre sur nous.

Comment parlions-nous, à trois, quand la brise était encore légère ? Avant. N'aurait-il pas été incongru de vous parler comme avant ? J'étais certainement celle qui avait été le plus protégée par ce que le monde désignait comme « une tragédie ». Une tragédie, comme si c'était inéluctable. Ça l'arrange bien, le monde, de penser qu'il n'y avait rien à faire, que le sort en était jeté depuis l'origine, parce que chez ces gens-là, n'est-ce pas, on s'entre-tue depuis la nuit des temps. J'étais seule ce midi devant vous, et le monde ne voulait toujours pas entendre l'écho infini de ces trois années dans nos vies. J'aurais aimé pouvoir nous rafistoler avec ma bouche. Trouver des mots-baume, des gestes doux, surtout ne pas vous heurter. J'ai remisé mes rancœurs, l'histoire de mon père, mon exil, mes galères françaises. Ce que Bosco et toi aviez subi était sans commune mesure.

J'ai esquissé un sourire, pressé tes mains en retour.

« J'ai terminé mes études, je pouvais enfin venir vous voir, vous m'avez manqué. » Voilà, j'étais encore à me justifier, à tenter de me faire pardonner. De quoi ? De n'être pas venue plus tôt ? Pourtant, au téléphone, tu m'avais dit : « Reste là-bas, fais-y ta vie, sauve-toi du chagrin, ici nous passons nos semaines à déterrer des ossements et à les réenterrer dignement, les écoles fonctionnent encore mal, la vie est amère pour nous qui avons réchappé, tant a été enseveli. Toi tu es enfin chez toi. Tu viendras nous visiter quand le pays et les cœurs auront été réparés. »

Ce pays se relèverait, je n'en doutais pas, même si cela devait prendre trente ans, il y aurait des bras, la volonté de tous ceux qui avaient rêvé de lui durant trois décennies de loin, la culpabilité de ceux qui l'avaient détruit et celle du monde qui les avait laissés faire, les ressorts inouïs que se trouveraient les survivants pour aller de l'avant et offrir un autre horizon aux enfants qu'ils auraient. Mais les cœurs ne se réparent pas comme on le fait d'un toit, d'une route ou d'une ville rasée. S'il m'avait fallu attendre que le cœur de ma mère retourne exactement là où il reposait, intact de nouveau (l'avait-il jamais été ?), je me serais résignée à ne plus jamais mettre les pieds à Butare.

À moins que je ne m'excuse d'être là aujourd'hui ? Moi qui n'avais rien vécu de tout ça, qui ne pouvais pas, ne pourrais jamais savoir réellement ce que vous aviez traversé. Ma mélancolie de l'enfance, de l'arrachement à mon pays, si profonde qu'elle avait été, ne pouvait me donner la mesure de votre nostalgie de l'humanité. J'avais pleuré comme vous la perte de mes cousins, de mes cousines, de mon grand-père, de mes oncles et de leurs épouses, de mes amis ; mais vous les aviez vus agonisants, mutilés, vous aviez recherché leurs restes des mois durant et les aviez inhumés. Où avais-je été pendant ce temps-là ? Pour moi la vie avait continué.

« Toi aussi tu nous as manqué. » Bosco est venu s'asseoir à nos côtés, a joint ses mains aux nôtres. Un silence complice nous a engloutis, la culpabilité s'est évaporée.

Retrouvailles de cœurs en lambeaux.

Je repense à cette scène dans notre salon, l'été dernier, et ma gorge se noue à en exploser. J'ai vomi toute la journée, Samora a voulu appeler le docteur mais je l'en ai dissuadé. Il ne peut rien faire pour moi, il faut juste que j'avale la nouvelle, que je la digère et la laisse se diffuser dans tous mes membres. Nous sommes rentrés ce matin de la maternité. Samora avait les traits tirés, j'ai pensé que c'était bien là les hommes, fatigué alors que c'était moi qui avais tout fait, fatigué alors que c'était le moment où j'allais avoir réellement besoin de lui. Stokely tète toutes les deux ou trois heures, il a des coliques et pleure beaucoup. Je dors en pointillé.

Samora a attendu que je l'aie nourri, attendu de l'avoir changé puis endormi dans son couffin pour me parler.

« J'ai enfin réussi à joindre quelqu'un chez vous, hier soir. »

Je n'aimais pas ce ton sérieux, mon ventre a tressailli. Il n'avait jamais dit « chez vous » avant, il aimait à dire « Rwanda » la bouche arrondie et gourmande comme quand il prononçait « toi et moi ». Mais là, il semblait vouloir repousser un mot fantôme avec ses lèvres pincées.

« Tu as parlé à ma mère ? Pourquoi tu ne me l'as pas dit plus tôt ? Qu'est-ce qui se passe, elle ne va pas bien ? Parle, mais parle donc !

— Ton frère est mort. »

Rien n'aurait pu me préparer à ça.

Entre 1991 et 1994, nous avions redouté cette nouvelle chaque jour, l'âme intranquille, les rêves suspendus. Mais Bosco était rentré vivant de la guerre, sans blessure apparente. Meurtri, dérouté, emmuré en lui-même, mais vivant. Comment pouvait-il être mort maintenant que la paix était revenue ?

« Quand est-il mort ? Qui est-ce qui l'a tué ? » Je ne voulais pas rester silencieuse. L'annonce avait déclenché dans ma tête un coup de sifflet strident, continu, qui m'envahissait de l'intérieur et je pensais que parler aller l'atténuer.

« Je crois le lendemain de la naissance de Stokely, j'ignore de quoi il est mort.

— Tu crois ? Mais comment ça, tu ne sais pas, tu n'as pas demandé à ma mère ? Tu ne t'en es pas préoccupé ou tu as oublié, mais comment une chose pareille est-elle possible ? » Mon ton montait, je le fusillais du regard, une colère montait, une tempête s'annonçait, j'allais exploser.

Il s'est agenouillé devant moi. Samora comprenait que ce n'était pas contre lui qu'elle était dirigée. Maladroitement, il tentait de m'apaiser.

« Je n'ai pas pu avoir ta mère en personne. Ta tante m'a dit qu'elle n'arrive plus à parler depuis qu'elle a trouvé le corps de Bosco dans le salon. Elle n'a pas voulu me dire ce qui l'avait tué. Je suis vraiment désolé, j'imagine à quel point cela doit te ravager. »

Dans le salon ? Son corps étendu dans le salon, notre salon ? Les images de nous trois dans cette pièce lors de ma visite de l'année précédente m'ont assaillie. Lors, j'étais déjà enceinte de Stokely mais je l'ignorais. J'avais des nausées que je mettais sur le compte du bouleversement causé par tant d'émotions, mon retour douloureux, les paroles heurtées échangées avec mon frère. Heurtées, oui, nous n'étions pas parvenus à retrouver la douceur et la complicité de notre fratrie. Entre nous se dressaient sept ans : ses deux guerres, celle du Rwanda puis celle du Zaïre, ma défection vers la France. La France qu'il me reprochait. Dès le lendemain de mon arrivée, quelque chose qu'il lâche comme un crachat gardé longtemps en bouche :

« Ce que vous avez fait...

— Nous qui ? »

Toi, Mama, affolée : « Laisse-la tranquille, tu sais bien qu'elle n'y est pour rien !

— Je veux dire les siens, son peuple, tu as bien leur sang et leur nationalité non ? »

Moi, sur la défensive : « Les Français ne savaient pas ce que faisaient leur président, leurs ministres et leur armée.

— C'est votre argent, ils sont arrivés avec des armes, votre argent a financé les miliciens, a acheté leurs armes. »

Dès le deuxième jour, les portes qui claquent, le silence plein de reproches tus. Mama, je n'oublie pas que tu l'avais supplié de ne plus jamais en parler. Il s'était mis à fumer, lui qui t'avait toujours reproché ton tabagisme. Il était toujours fourré au cabaret, se couchant tard, incapable de se lever avant midi. Nous nous retrouvions dans ce salon pour déjeuner de peu de mots et d'une nourriture au goût de larmes. Retrouvailles pulvérisées.

Vers la fin, tentative de renouer : Raconte-moi ta vie là-bas, est-ce que tu gagneras bien ta vie ? Comptes-tu rentrer revivre ici un jour ? Je lui avais parlé de Samora. C'est bien, tu pourras offrir des petits-enfants à Mama. Je n'ai pas osé lui en parler, elle risque de s'inquiéter. Pourquoi, vous allez bien vous marier ? Je ne sais pas encore, là-bas les gens vivent ensemble sans être mariés. Vous vivez ensemble déjà ? Oui. Alors il faut vous marier, ne va pas faire un bébé comme ça, Mama ça la tuerait. Comment va-t-elle, est-ce que vous parlez parfois de ce qui s'est passé ? Moi je n'ai pas trop osé demander, je crois qu'elle a senti que j'en avais peur.

Bosco m'avait raconté :
« C'est moi qui l'ai retrouvée tu sais quand nous avons pris la ville, le 3 juillet 1994. Elle sortait juste de sa cachette de la librairie. Trois mois dans ce trou sous terre, les tueurs ne savaient même pas ce que c'était une cave, ces imbéciles. Remarque, moi non plus, c'est un truc de Blancs, inconnu chez nous. Elle aurait pu y passer des années. Quand je suis arrivé, elle n'avait pas mangé depuis une semaine. L'homme qui la ravitaillait avait fui avec les autres Hutu quand nous étions arrivés aux portes de la ville. Il ne lui avait laissé qu'un petit bidon d'eau et trois bananes. Elle était si maigre, si tu l'avais vue, ses cheveux, qu'elle n'avait pas lavés depuis avril, dressés sur la tête, le regard fou, j'ai failli ne pas la reconnaître. Elle s'était traînée jusqu'à la porte de la librairie saccagée, prête à se livrer aux tueurs plutôt que de pourrir dans la cave. À un jour près, je ne l'aurais pas retrouvée vivante tu sais. Tu sais que les murs étaient noirs de cafards ? Je l'ai visitée avant qu'on ne la

condamne définitivement. Quelle ironie. *Inyenzi muzindi nyenzi*, un cafard au milieu d'autres cafards. Ils auraient mangé son corps. La porte de la librairie était fermée à clé, l'homme qui la cachait avait oublié de la lui donner avant de fuir au Zaïre. Par un trou dans le bois elle nous a vus arriver. Des soldats avec de grandes bottes noires en caoutchouc. Elle a pris une brique qui traînait par terre et elle a tapé sur la porte avec toute la force qui lui restait. Plus assez de voix pour appeler. Ses coups étaient recouverts par le bruit de nos bottes défilant dans la grand-rue. Elle a longtemps tapé.

Je l'ai nourrie à la petite cuillère les premiers jours, comme un enfant. Nous avions peu de vivres, je lui donnais ma ration quotidienne, elle parlait, parlait et pleurait dès que, depuis sa couche dans le hangar où nous avions installé les rescapés, elle reconnaissait quelqu'un. Pour elle, les retrouvailles étaient comme des miracles. Elle demandait des informations sur ce qui s'était passé dans tel ou tel quartier, qui avait été tué, quand et par qui. Mama avait été cachée tout ce temps tu sais, elle avait entendu les bruits, les cris parfois, des coups de feu, mais elle n'avait rien vu. Le soir, quand je rentrais la voir, elle voulait tout me raconter, qui avait été tué quand et par qui et de la plus atroce des façons. Je n'avais pas la force d'écouter toutes les histoires qu'elle vomissait, ça m'épuisait. Je venais de marcher sur un pays couvert de cadavres en décomposition, de Kagitumba à Butare, du Nord au Sud. Tu sais combien d'églises pleines de crânes défoncés, de fosses communes, de maisons éventrées nous avons vu ? De Kagitumba à Butare, du Nord au Sud, les mêmes squelettes qui nous tendaient les bras avec leur dernier souffle épargné, les mêmes femmes à la démarche chancelante. Les regards des violées qui fuient l'humiliation de leurs corps ravagés par des monstres au sexe empoisonné, des dizaines, des milliers. Les mêmes moignons purulents sous des pansements de fortune, des fronts troués, des joues arrachées et moi, tu sais, qui avais été soldat, valeureux au combat, je n'avais plus les larmes pour sangloter avec eux. Je n'avais pas les tripes pour supporter cette catastrophe sous nos yeux. *Amagara araseseka ntayorwa*. Les tripes répandues ne peuvent se ramasser, comme disaient nos anciens. Et moi, à chaque escale, de Kagitumba à Butare, du Nord au Sud, j'imaginais le visage de notre mère derrière chaque femme morte ou vivante que je découvrais, dans un trou, derrière une porte. Je devais rester stoïque alors qu'autour de moi tout s'était effondré. Je voulais me précipiter, j'ai pensé déserter, tu sais, pour traverser le pays de nuit, venir la chercher, mais je savais le sort réservé aux déserteurs. Si elle survivait, Mama aurait besoin d'un fils vivant. Pas liquidé au peloton d'exécution.

Alors quand je l'ai retrouvée, je n'ai pas supporté ses paroles incontinentes, qui avait été tué par qui et quand et où et de quelle atroce façon à Butare, tout le temps tout le temps, tu comprends, j'en avais déjà trop vu trop entendu.

Tante Maria et ses petits-enfants sont revenus du Burundi, qu'ils avaient pu rejoindre avec un convoi de Terre des hommes, le 18 juin, depuis l'école de Karubanda où ils avaient survécu par miracle. Je les ai installés dans notre maison. Tout avait été pillé alors je me suis servi à mon tour dans les maisons des Hutu en déroute. Après, je suis reparti me battre au Nord, là où tout avait commencé. Il fallait encore libérer Ruhengeri et Gisenyi.

Je suis souvent revenu, je voulais être sûr qu'elles s'en sortaient. Quand Mama a été capable de marcher, elles sont allées chercher des nouvelles, des survivants, les corps des enfants de Maria, de leur père, de leurs frères, de tous les membres de notre famille. Elles ont passé une année entière, tu sais, à chercher et à enterrer, chercher et pleurer. Puis elles m'ont demandé d'aller passer une semaine en Tanzanie, juste histoire de changer d'air, de voir autre chose que la mort. C'est quand je t'ai appelée, tu te souviens, pour que tu m'aides à leur payer les premières vacances de leur vie. Elles m'ont dit qu'elles avaient dormi pendant une semaine non-stop, elles ne se levaient que pour manger et se laver. Au retour, Mama et Tantine ont rouvert le restaurant. Il fallait trouver de l'argent pour envoyer les petits-enfants à l'école, revenir dans la vie à reculons, pour eux, la génération d'après.

Nous n'avons plus jamais évoqué le génocide directement. Mama a compris que je n'avais plus la force de l'écouter. Mais je crois qu'il est dans leurs conversations de chaque instant. Elles sont restées coincées dans ces cent jours-là. Elles n'en sortiront jamais, elles étaient trop vieilles quand c'est arrivé. »

Il s'était tu, mais avait gardé la bouche ouverte, comme figé de stupeur. Bosco ne s'était jamais autant confié à moi, Mama, tu sais, il venait de me livrer tout cela d'une traite, comme on vide un verre après une longue route aride ou un cauchemar d'aube chagrine. Il ne m'a plus jamais parlé de la sorte, mais à ce moment-là j'ignorais qu'il n'aurait plus longtemps la force de vivre avec ses propres démons. D'eux, il ne m'a presque rien dit.

« Et toi Bosco, comment tu vas ? Je suis désolée pour ta fiancée, tellement désolée.

— Oui, *aho umutindi yanitse ntiriva* ! Le sort s'acharne toujours sur le misérable ! »

Bosco était resté un long moment silencieux après avoir lancé cette maxime d'une voix assourdie.

Puis il avait repris le même ton monocorde pour me raconter. Sa fiancée et lui avaient déjà fixé la date du mariage. Il l'avait connue sur le front. Un amour de guerre qui survit à la fin des illusions. Sa famille avait un peu de mal avec l'idée qu'elle épouse un demi-Hutu, le frère d'une Française qui plus est, mais il avait gagné des galons dans l'armée et elle était prête à se fâcher avec eux pour l'épouser, elle l'aimait sincèrement, les parents avaient fini par céder. Le sort en avait voulu autrement. C'est un Blanc qui l'avait écrasée : « Un de ces vautours venus se faire de l'argent sur notre misère au nom de l'humanitaire. Un des tiens, un Belge ou un

Suisse, je ne sais plus. » J'aurais dû laisser passer cette dernière remarque, accepter d'être encore une fois renvoyée dans un camp que je n'avais pas choisi, le camp de tous mes demi-frères de peau, les colons et autres Blancs de tous les temps. J'avais protesté : « Arrête de toujours me mettre avec les démons, s'il te plaît. » La confession s'était arrêtée abruptement, Bosco m'avait plantée là sans autre forme de procès et il n'était rentré qu'au milieu de la nuit. Le lendemain je repartais pour Bordeaux.

Je ne parviens pas à croire qu'il soit mort maintenant. Et que certains pensent que j'y suis pour quelque chose. Est-ce que tu le crois, toi, Mama ? Pourquoi est-ce que tu ne me parles pas ? C'était ton enfant préféré, je m'en suis toujours doutée, mais refuser de me parler à moi, n'est-ce pas me punir injustement ? Je suis ton seul enfant vivant désormais. Tu refuses de me parler et moi je t'écris ces lettres que je n'envoie pas. Voilà ce que nous sommes devenues. Parfois je me dis que c'était inéluctable. Cette incommunicabilité.

Tante Maria m'a dit que Bosco s'est tué. Que tu l'as retrouvé encore chaud, la tête explosée dans un cendrier. Elle m'a dit de ne pas l'ébruiter. À qui veut-elle que j'en parle ici, je ne connais presque pas de Rwandais. Ne pas prononcer ce mot honteux de « suicide ». « C'est un très grand péché, mon enfant, il ne faut pas qu'on le sache.

— Pourquoi a-t-il fait ça, Tantine ?

— Dieu seul le sait. Mais tu vois, depuis ton départ, il n'allait pas bien.

— Mon départ, Tantine ! Tu veux dire que notre dispute le jour de mon départ y est pour quelque chose, cette histoire de maison ? Ce n'est pas ce que tu sous-entends, quand même ! »

Le silence dans le combiné.

« Non, bien sûr, ce n'est pas que ça, il n'était plus le même depuis la guerre de toute façon, surtout depuis son retour du Zaïre, mais cette dispute l'a certainement enfoncé encore plus.

— Enfin, Mama a dû te raconter, il a voulu me forcer à signer un papier dans lequel je lui aurais laissé tous les droits sur la maison, le restaurant, la boutique, tout ! C'était à mon père, c'est bien la seule chose que j'aie de lui, je n'allais pas signer. Et vu comment il était instable, il était capable de la vendre pour une bouteille de gin, pour une cartouche de cigarettes, à ce rythme, Mama allait vite se retrouver à la rue ! Est-ce que j'aurais dû accepter, c'est ça que tu penses, Maria, vraiment ?

— Non, bien sûr, tu as bien fait, c'est vrai que c'est ton héritage à toi, lui, son père ne lui a rien laissé, il ne savait même pas qu'il existait...

— Mais je m'en fiche des biens, si quelqu'un pouvait ramener Bosco à la vie, je lui donnerais immédiatement tout ce que je possède, ce n'est pas cette histoire qui l'a rendu fou, ce n'est pas possible, Mama me l'aurait dit, elle ne m'en a pas parlé au téléphone ces derniers mois, elle ne m'a même pas dit qu'il allait plus mal, pourquoi est-ce qu'elle ne m'a rien dit ?

— Elle savait que tu étais enceinte, elle ne voulait pas t'inquiéter. Elle disait que lors de votre dispute tu avais prononcé des paroles blessantes, elle disait : "Quand elle reviendra, je lui demanderai de s'excuser auprès de son frère, je les réconcilierai, je leur raconterai enfin toute l'histoire de leurs pères, je demanderai pardon à Blanche et je réparerai leurs cœurs." »

Gusana imitima, réparer les cœurs.

Celui de Bosco s'est éteint. Quel gâchis, quel gâchis, Mama. Jamais plus nous ne serons tous les trois réunis dans ce salon, jamais plus d'histoires sur ce petit banc au pied des jacarandas. Notre famille en charpie.

Un jour je viendrai te présenter ton petit-fils Stokely, et j'espère qu'alors tu retrouveras ta langue de mère pour lui expliquer ce proverbe que tu m'avais appris : « *Agahinda ntikica kagira mubi*, le chagrin ne tue pas, il abîme. » D'ailleurs, est-ce là la bonne traduction ? Est-ce « il abîme » ou « il rend mauvais » ? Je ne sais plus, je ne sais pas. Le chagrin a tout balayé, il a emporté Bosco, mon immense petit frère revenu de la guerre sans blessure apparente.

Stokely

Pourquoi dit-on encore « langue maternelle » ?
Cela faisait sens quand les mères restaient seules
à l'intérieur à nourrir de sons le nourrisson pour
le guider dans ses premiers babils. Quand les
mères des mères et leurs tantes et leurs sœurs
formaient un chœur de voix, oiseaux voltigeant,
prisonniers d'une maison-gynécée, caressant les
oreilles de l'enfant d'ailes aux dessins, aux couleurs sans cesse virevoltantes. Les intonations :
ronds irisés, les accents : striures symétriques,
les « clic » du dessus, les roulements du dessous.
L'enfant apprenait à tisser un lien sonore entre le
doigt qui pointe et l'objet encore flou à ses yeux,
entre le rire et son origine, à différencier le silence
apaisé peuplé des onomatopées du repos « ahuiii :
le labeur est fini » et le silence lourd de réproba-
tion ou de dépit accompagnant le « tchiip » aux
dents sucées, lèvres avancées, sourcils froncés.
    Oiseaux de nuit au mitan du jour.

    Pour la mère de Stokely, ça ne s'était pas passé
ainsi. Quand le père et la mère ne partagent pas
la même langue maternelle, laquelle l'emporte ?

Blanche n'a goûté à la langue de sa mère que par accident. Faute de mieux. Immaculata n'avait pas envisagé cela, pour libérer sa fille de son africanité elle lui tressa une échelle de mots bien blancs. Dès sa naissance, elle plongea sa fille dans un bain de français, ne se laissant jamais aller au moindre écart indigène. Le père, qui n'avait jamais maîtrisé aucune autre langue que celle de Marianne et le regrettait, lui suggérait pourtant de lui donner les clés du parler local : « Fais-lui entendre le kinyarwanda, elle va grandir ici et, qui sait, peut-être un jour s'y marier. » Cette éventualité effrayait la mère, elle qui avait réussi non sans peine à s'extraire de sa condition : il était hors de question que son enfant les ramène en arrière en aimant un aussi noir qu'elle. Blanche se devait d'être comme son nom l'indiquait, parler parfaitement le français, et plus tard pourquoi pas aussi l'anglais pour aller voir les Amériques, mais en aucun cas être en mesure de communiquer avec les domestiques qui risquaient de la contaminer avec leurs pensées arriérées. Ne pas comprendre le petit peuple la sauverait de leur damnation, de la vie sur la colline sous le soleil et sous la même pluie depuis des siècles et des siècles. Et tant pis si cela l'isolait aussi de la sagesse acérée du grand-père, des proverbes savoureux de la grand-mère. De toutes les façons, dès sa majorité, c'était déjà décidé, elle irait poursuivre ses études en France, parfaire son accent, sa culture et épouser un vrai Blanc avec lequel elle concevrait, pour le plus grand bonheur de sa mère, une descendance toujours plus diluée.

Ces projets comme tant d'autres allaient finir au cimetière des rêves d'Immaculata. Quand Blanche atteignit l'âge de dire ses premiers mots, ni son père ni sa mère ne se trouvaient à ses côtés. Lorsque Immaculata sortit de prison, elle trouva son enfant, cajolée, consolée, endormie par sa grand-mère et sa tante durant plusieurs mois, bien à l'aise dans le parler indigène. La mère ravala sa fierté et sa langue importée du même coup, le sort l'avait punie de sa trop grande ambition. C'est ainsi que Blanche a trouvé son idiome du ventre et du cœur, celui qui remonte du fond de l'enfance. Et, fort logiquement, le kinyarwanda allait bientôt être la langue pour accueillir Bosco, lui qui allait naître plus noir encore que la mère. Le blanchiment ne fut plus un horizon donné, juste une faible éventualité du futur, comme le gros lot de la tombola ou la paix éternelle.

Le jour où Immaculata alla inscrire sa fille à l'école maternelle Albert-Camus de Butare, enserrée encore dans la maille d'une fierté surannée (n'avait-elle pas été deux ans durant l'épouse légitime d'un membre de cette communauté expatriée ?), elle faillit mourir de honte, apprenant que Blanche allait recevoir des cours de mise à niveau en français comme les rares enfants de Rwandais aisés qui la fréquentaient. Elle manqua menacer la directrice d'envoyer Blanche à l'école belge voisine mais se retint, considérant avec amertume sa déchéance et la promesse non tenue de cette Marianne dont le dessin ornait l'acte de naissance de l'ambassade de France.

Au bout de six mois, la petite fut parfaitement bilingue. La mère reprit espoir. Hésitant entre reconstruire ses ruines et les habiter, Immaculata mit désormais un point d'honneur, lorsqu'elle se trouvait en société, à ne s'adresser à sa fille que dans la langue de son père, tout en laissant couler sa langue à elle dans l'intimité de sa maison, de sa famille mosaïque.

Pour Blanche, le français devint une injonction, un vernis de parure sonnant étrangement devant des étrangers qui la considéraient avec respect. Un carcan de langue dont elle ne se libérait que lorsque des ailes l'emportaient au cœur des comptines, des chansons enfantines, puis, plus tard, lui ouvrirent la fenêtre des livres, l'accès aux symboles d'une mémoire partagée depuis des siècles par les femmes et les hommes comme son père. Elle le recherchait derrière chaque description de regard clair, de vie d'aventure, d'amour paternel contrarié. Cet homme volatilisé, qui jamais ne lui écrivait, allait revêtir les habits des héros de fiction, pères absents mythifiés, fantasmés, prendre une voix, des intonations, un chanté rassurant, familier. Oui, c'est cela, et un jour elle lirait une phrase confirmant son ressenti : les livres pouvaient apporter *une complicité, une connivence, ou plus encore, au-delà, une parenté enfin retrouvée.*

Pour Blanche, le français pouvait être à la fois une chose délicieuse, solitaire, et un corset public, ridicule et prétentieux.

Sa langue maternelle, elle, était sa colonne vertébrale, celle dans laquelle s'exprimaient les chagrins, se taisaient les secrets, celle pour vivre l'ambiance des dimanches enflammés de la grand-rue de Butare, quand l'équipe de foot

Mukura avait gagné, pour se fâcher avec Bosco ou se faire engueuler par leur mère.

Posséder complètement deux langues, c'est être hybride, porter en soi deux âmes, chacune drapée dans une étole de mots entrelacés, vêtement à revêtir en fonction du contexte et dont la coupe délimite l'étendue des sentiments à exprimer. Habiter deux mondes parallèles, riches chacun de trésors insoupçonnés des autres, mais aussi, constamment, habiter une frontière.

Quand, à dix ans, elle se mit à écrire au père absent des lettres qu'elle cachait dans le faux plafond de sa chambre, le français se para de nouvelles couleurs, de fils de velours bordeaux, oiseaux de mots volés.

Mais, après son baccalauréat, il devint évident que son père ne comptait toujours pas lui écrire et ne ferait pas venir sa fille dans son pays rêvé. Blanche cessa de s'adresser à lui et oublia les missives jamais envoyées qui formaient alors quatre tours à moitié écroulées sous le toit de la maison, comme une fiancée répudiée abandonne la broderie de son trousseau sous une poussière de soupirs asséchés. Oiseaux crucifiés.

Immaculata ne parla plus à sa fille qu'en kinyarwanda. L'horizon n'avait jamais été aussi sombre. Seuls demeuraient les romans, l'ailleurs à portée de mots. La Bovary et la Gervaise pleuraient encore leur déchéance en français.

La dernière injonction de la mère avant que Blanche ne se glisse dans le convoi qui évacua les Occidentaux de Butare, au début du génocide, fut cependant celle-ci : « Pour les miliciens, les militaires, pour tous les Noirs que tu croiseras jusqu'à la frontière, sois plus Blanche que jamais. Oublie ma langue, là où tu vas, elle ne sera rien d'autre qu'un poids inutile. Va et deviens une Française, mon enfant. »

Pourtant, quatre mois plus tard, lorsqu'elle l'appela depuis Kigali pour lui dire : « Je suis en vie », cette fois-ci, elle ne s'adressa à elle qu'en kinyarwanda. Les lignes étaient encore coupées à Butare, elle avait parcouru dans un pick-up brinquebalant une route bordée de mines pour venir lui parler. Plus tard, en y repensant, Blanche se dit que si sa mère téléphonait depuis un lieu public, il devait être prudent de ne pas utiliser l'idiome du pays qui avait soutenu le régime assassin déchu. Elle se remit à chérir sa langue de là-bas, oiseaux-nostalgie, d'autant qu'elle craignait de perdre la maîtrise des mots éparpillés comme autant de petits cailloux semés en vain sur la route à sens unique de l'exil.

Alors, quand elle accoucha de Stokely, elle se dit : « Cet enfant-là, qui est né avec un frein à la langue, devra se voir offrir, sans honte et sans détour, deux habits amples et soyeux pour traverser harmonieusement le Nord et le Sud de sa destinée. » Oiseaux bigarrés.

Samora, qui avait fait plusieurs tentatives infructueuses d'apprendre hors-sol le créole de son père, l'y avait encouragée dès sa grossesse ; l'époque voulait qu'il y ait en librairie plusieurs disques de berceuses d'Afrique dont certaines en kinyarwanda. Le fœtus en fut abreuvé. La mère

chantait chaque soir aux petits pieds tambourinant sur la peau tendue de son ventre les chants
lovés dans sa mémoire, trésors sauvegardés du
temps des soirées sur le banc aux jacarandas.

Stokely naquit, Bosco mourut. Immaculata
devint muette. Blanche flancha une première fois.
Que valait cette langue incapable de percer le bou-
chon dans la gorge qui étouffait sa mère de chagrin ? À quoi bon l'apprendre, avec tout ce qu'elle
charriait de douleurs, à un enfant qui n'avait rien
demandé ? Émit-elle le secret espoir que la voix de
ce petit-fils lui parlant avec les mots qu'elle avait
autrefois enseignés à son fils Bosco aurait un effet
de baume, paroles rhizomes, sur Immaculata ?
Blanche s'efforça de continuer à nommer les
animaux, les objets, les aliments, à chanter. De
plus en plus de renoncements cependant, elle se
retrouvait à faire à son fils des aveux en français :
« Je ne sais pas comment on dit "girafe", je n'en ai
jamais vu, le parc était à l'autre bout du pays, ma
mère pourrait me le dire mais tu sais qu'elle a mis
un cadenas à sa bouche et qu'elle en a jeté la clé. »

Ou alors : « Il n'y a pas de mot pour "renard", ni
pour "ours" ou "otarie", ça n'a jamais existé chez
nous. » Stokely suçotait son hochet, indifférent
aux affres de la traduction que traversait sa mère.

Puis, comme après un lent glissement de ter-
rain, le français refit surface, la facilité des mots
qui viennent en premier, l'élan de la conversation avec les autres qui fait oublier. Blanche ne
parvenait pas à coudre seule cet habit de mots
importés. Bientôt, la mère ne parla plus sa langue
maternelle à l'enfant qu'en de rares irruptions,
lorsque, sous l'emprise d'une émotion forte,

colère ou peur, elle lui criait sans penser des
« *ceceka*, tais-toi » ou « *ngwino hano*, viens ici ».

Un peu honteuse de cet abandon, elle rassurait Samora en disant : « Quand nous serons
là-bas, nous baignerons dedans et il apprendra
à une vitesse incroyable. »

Le seul îlot qui ne fut jamais recouvert par la
vague française était l'instant du coucher, les
ndagukunda, je t'aime, petits tambours apai-
sants, les différentes façons de souhaiter la nuit,
marquées presque toutes par une crainte ances-
trale du mal tapi dans le noir : *urare aharyana*
– dors là où ça démange pour rester vigilant –,
uramuke – puisses-tu survivre à la nuit –, *ura-
ran'Imana* – puisse Dieu protéger ton sommeil.
Et toujours, toujours, la chanson qu'Immaculata
et elle écoutaient en boucle avant le génocide,
espérant le retour de Bosco :

> *Muvandimwe wanjye Ubalijoro, uraho uracya-
> komaho*
> Mon frère Ubalijoro, vis-tu encore ?
> *Natwe ino ngaho turaho, uretse ko tutazi
> agakuru kawe*
> Ici nous allons bien, sauf que nous n'avons
> aucune nouvelle de toi
> *Uzagire ugaruke Ubalijoro, twese uko tuli tura-
> gukumbuye*
> Je t'en prie, reviens, Ubalijoro, tu nous manques
> à tous
> *I Buganda n'iyo haba heza hate, rwose nta
> gihugu cyaruta Urwanda*
> Quelle que soit la beauté de l'Ouganda, aucun
> pays n'égale le Rwanda

Haherutse kuza inkuru itubwira, ko ngo iyo uba habaye intambara

Nous avons appris qu'une guerre a éclaté là-bas, là où tu vis

Abantu ngo bakwiriye imishwaro, wowe se aho yaragusize ?

Que les gens se sont éparpillées dans la fuite, est-ce que tu as survécu à cette guerre, toi ?

Niba se ukiriho Ubalijoro, rwose twandikire dushire intimba

Et si tu es encore vivant, Ubalijoro, écris-nous pour que cesse notre peine

Uzagire ugaruke Ubalijoro, twese uko tuli turagukumbuye.

Je t'en prie, reviens, Ubalijoro, tu nous manques à tous.

Blanche se convainquit qu'elle n'abandonnait pas le projet d'apprendre sa langue à Stokely, qu'elle le remettait juste à plus tard. Sans s'en rendre compte, elle lui transmettait tout le langage corporel de sa propre éducation : le regard réprobateur qui cloue sur place – *kureba ijisho* –, la discrétion comme mode de vie, ne rien laisser paraître, rester poli et humble en toutes circonstances, le frottement discret de l'ongle – *kurya urwara* – pour couper court au bavardage imprudent de l'enfant avec un adulte trop curieux. L'art alors de dévier finement la conversation sans que l'autre comprenne qu'une confidence venait d'être tuée dans l'œuf. Et puis ce mot qu'elle lui répétait, unique, qui résumait tous les enseignements, chemin intransigeant vers l'autonomie d'un enfant : « *ibwirize* », fais ce que tu as à faire sans qu'on ait à te le demander. Samora trouvait sa femme trop rigoureuse. Blanche se justifiait : si demain tout devait recommencer, si un jour il doit passer par les mêmes chemins que moi, je veux qu'il soit mature et sache faire preuve en toutes circonstances de la plus grande courtoisie. Se faire accepter chez ceux qui l'accueilleraient, se fondre dans n'importe quel moule sans jamais oublier sa culture ni d'où nous venons.

À trois ans, Stokely et sa mère se parlaient peu : elle ne comprenait pas cette façon qu'avaient les Occidentaux de noyer les petits sous mille et une explications, de s'adresser sans cesse à eux comme à des petits savants. Stokely ne posait d'ailleurs jamais trop de questions, il pouvait passer une heure entière à observer des fourmis ou des pigeons, à écouter de la musique, à jouer avec ses Playmobil, à feuilleter un herbier, emmagasinant des images, imaginant des histoires terribles sans s'adresser à ses parents. L'enfant aimait les bruits caractéristiques de la communication rwandaise de sa mère, les « tchiip » courts et secs ou longs et assassins, le claquement de la langue à l'arrière du palais, les tapes sur la cuisse pour accompagner les fous rires, celles dans la main pour s'auto-congratuler d'une bonne blague. Tous ces gestes les rapprochèrent et préparèrent leurs cœurs pour les paroles qu'ils s'offriraient plus tard, pour des paroles décantées à partager quand le moment serait venu. Stokely comprit que sa mère portait en elle des mots fantômes, des mots d'enfance endormis dans un jardin en friche qu'une pluie lointaine pourrait un jour ressusciter. Oiseaux de vie.

Immaculata

Les enfants vous gardent en vie. Vous m'avez sauvée de la folie des hommes. Aussi longtemps que j'ignorais ce que vous étiez devenus, que je ne savais pas si vous vous en étiez sortis, une force surhumaine me poussa à me battre. J'ai accepté de rester tapie dans un trou humide infesté de cancrelats, sous la terre comme eux, accepté la faim et la soif, les longues journées dans le noir, une nuit ininterrompue de trois mois, guettant le moindre bruit, frémissant à chaque rumeur des tueurs à la surface avec pour seul horizon l'espoir de vous retrouver. L'ami qui m'avait cachée dans la cave de la librairie, un ancien libraire à la retraite, le seul à savoir encore que ce bâtiment construit à l'époque des Belges se prolongeait sous les pieds, écoutait la radio *Muhabura* des rebelles et m'informait régulièrement de votre avancée. Il disait : « Bientôt vous serez libérés, bientôt ton fils et ses camarades seront là. Tu leur diras, n'est-ce pas, que moi je t'ai protégée ? » J'acquiesçais et le bénissais. Même si je le soupçonnais d'aller lui aussi sur les barrières, même si j'avais remarqué son regard rougi et devenu fuyant vers la fin du mois de mai. Plus tard, j'apprendrais que de nombreux Hutu avaient à la fois caché des proches et tué des inconnus, emportés par l'impératif de l'extermination, pour ne pas éveiller les soupçons, parce qu'il leur fut difficile d'être courageux plus d'une semaine ou d'un mois. Je suppose.

Trois ans que tu étais parti, mon Bosco. Dans ma cachette nauséabonde, alors qu'au-dessus de ma tête les machettes décapitaient à la chaîne, je me repassais en boucle le souvenir de ce jour de 1991 où le proviseur de l'école secondaire de Save était venu te chercher à la maison. C'était un homme sévère mais juste qui, chaque fois que je le croisais dans les rues de Butare, où il venait acheter de quoi nourrir les garçons scolarisés dans son établissement, ne manquait pas de me complimenter pour ta bonne conduite et tes résultats scolaires. Quand on vint me chercher à la cuisine du restaurant pour me dire qu'il me demandait, mon cœur s'arrêta de battre. Étais-tu malade, blessé, avais-tu commis une faute irréparable ?

Mes mains furent prises d'un tremblement irrépressible. Il semblait préoccupé, mais aucune trace de colère n'affectait son long visage oblong. Il me demanda si tu étais là. Je ne comprenais pas.

« Mais non, il est chez vous. Il a quitté la maison comme tous les autres élèves à la fin des dernières vacances.

— Bosco est parti il y a quatre jours de l'école. Il nous a montré une lettre signée de toi disant que ta mère était décédée et que tu l'attendais pour les funérailles. Nous lui avons donné une permission de deux jours mais il n'est jamais revenu. »

Je sentis mes jambes se dérober sous mon poids, eus juste le temps de me retenir à sa veste. Il me rattrapa avant que je n'atteigne le sol et m'aida à m'asseoir sur le siège le plus proche.

« Ma mère est morte il y a longtemps. Ce n'est pas possible. »

Un sang brûlant, dilué, semblait filer à toute allure dans mon corps, balayant dans mon cerveau toute tentative de raisonner. Qu'avais-tu donc fait ? Je répétais : « Ce n'est pas possible, ce n'est pas possible. »

Ton proviseur attendit un long moment l'air grave, silencieux.

Je savais qu'il était un membre fondateur d'un des nouveaux partis d'opposition qui émergeaient à la suite de l'ouverture forcée du pays au multipartisme. Je savais qu'il était hutu mais il se disait aussi que sa mère était tutsi et qu'il était proche de sa famille maternelle exilée au Zaïre lors des pogroms de 1973.

Il se racla la gorge avant de dire :

« Il se fait que Bosco n'est pas le seul fugueur. Son ami Ntwali est parti juste après lui, dans les mêmes circonstances, une histoire de décès dans la famille, et il est lui aussi porté disparu. Je les soupçonne d'avoir monté cette affaire de concert. »

Mon sang se figea, masse volcanique en fusion qui refroidit instantanément et, une pierre noire, immense, rocher acéré, envahit tout l'espace dans ma tête.

Avant qu'il ne prononce la conclusion, j'avais déjà compris et le bloc dans mon esprit résonnait d'un seul et même son : *inkotanyi, inkotanyi, inkotanyi.*

Pourquoi n'ai-je rien vu venir, alors que Ntwali et toi aviez passé vos dernières vacances dans ta chambre, portes et rideaux fermés, à écouter la radio des rebelles en sourdine toute la journée ? Comment se fait-il que je n'aie pas décrypté vos messes basses, vos airs de comploteurs au salon, affairés, en discussion passionnée avec cet étudiant de l'université que je ne connaissais pas ? Ces conversations devenant anodines et votre air faussement détaché quand je m'attardais dans la pièce ?

Ainsi vous vous prépariez à rejoindre les rebelles, les *inkotanyi,* et je ne m'en suis pas rendu compte.

Je me mis à pleurer, la main plaquée sur la bouche, une soudaine nausée soulevant mon estomac.

L'homme en face de moi devait avoir scrupuleusement évalué les tenants et les aboutissants de cette nouvelle explosive. Il vit mon désarroi, prit le ton du médecin qui explique à un patient porteur d'un virus hautement contagieux comment endiguer sa propagation.

« Tu comprends qu'il serait dangereux de laisser cette information se répandre. Personne ne doit savoir où sont ces enfants, sinon vous serez inquiétés par les autorités. Surtout toi, qui as déjà été emprisonnée lors de la rafle des *ibyitsos* en 90. »

Comment allais-je faire ? Tout se savait dans ce minuscule pays où les gens passaient leur temps à épier leur voisin, où chaque colline était organisée selon une hiérarchie implacable : dix familles chapeautées par un responsable, le *Nyumbakumi*, rendant compte du moindre incident au chef de cellule, qui lui-même rapportait au chef de secteur, qui devait faire un rapport au bourgmestre et ainsi de suite, jusqu'au préfet et au bureau du président, le chef suprême rendu inquiet par la contestation montante de son pouvoir par les Rwandais de l'extérieur et de l'intérieur. Comment cacher ta défection ?

La détresse dut se faire abîme dans mes yeux car il baissa encore le ton de sa voix, comme pour parler à un enfant.

« Ne t'inquiète pas, ce n'est ni le premier ni le dernier. Ton fils est courageux de prêter main-forte à nos frères exilés qui veulent rentrer. Le vent a tourné et il nous pousse irrémédiablement vers le changement. Plus ils seront et plus vite l'oppression des Hutu démocrates et des Tutsi disparaîtra. »

Comment pouvait-il parler ainsi en stratège, envisager le chemin vers la victoire alors que moi je te voyais déjà mort, une balle dans le ventre ?

« À l'école, je dirai que j'ai trouvé les deux garçons gravement malades. On pourra penser qu'ils sont atteints de la même pathologie, si souffrants d'ailleurs que vous les aurez fait transporter au centre hospitalier de Kigali. Save est trop près de Butare, il ne faudrait pas que certains de leurs camarades de classe découvrent le mensonge en venant leur rendre visite ici.

Je te recommande de t'absenter un peu de la ville aussi, pour accréditer cette version, que tout le monde croie que tu es à ses côtés à Kigali.

Je crois qu'il te sera plus aisé qu'aux parents de Ntwali d'inventer une évacuation sanitaire vers l'Europe où tu as des liens, en expliquant que son état s'est dégradé. Personne ne doit connaître la vérité, tu m'entends, personne. Maintenant, reprends tes esprits, et prépare-toi à quitter Butare. »

Il me serra longuement la main d'un air entendu puis partit.

J'ai appris qu'il avait été tué par ses élèves. Ils étaient prêts à l'épargner, mais il avait refusé de leur livrer sa mère et ses oncles tutsi réfugiés chez lui dès les premiers jours du génocide. J'ai croisé sa veuve début 97 à Kigali. Elle avait vendu leur maison de Save pour aller ouvrir un petit commerce au marché central. Elle était pleine d'amertume. Je lui ai raconté cette histoire, lui ai dit que tu étais rentré vivant et étais reparti te battre au Zaïre. Au moment de nous quitter, je lui ai glissé quelques billets, en souvenir de l'aide de son mari, et elle m'a chuchoté : « Tu sais, tous mes frères sont là-bas, dans les forêts du Zaïre, s'il les croise, j'espère que Bosco ne leur fera pas payer leurs crimes durant le génocide, mais qu'il se souviendra plutôt des bienfaits de mon mari. » Que pouvions-nous nous dire de plus, alors ? Notre nation avait été déchiquetée, il lui faudrait une ou deux générations pour se recoudre.

Ton camarade Ntwali vient parfois me rendre visite. Il m'appelle toujours « Mama », ce mot ne résonne plus de la même façon en moi depuis ta mort. Quand vous êtes arrivés à Butare, le 3 juillet 1994, il avait le regard dur et ne s'exprimait plus que par grognements nerveux ou avec les quelques mots de swahili que vous aviez appris au sein de l'armée des rebelles *inkotanyi*. C'est moi qui l'ai vu la première, une fois que tes camarades m'eurent sortie de la librairie. J'étais couchée sur les marches, je voyais vos bottes soulever la poussière de la grand-rue, quelqu'un m'avait donné un peu d'eau à boire. Il était debout, en faction devant l'hôtel Faucon, pratiquement en face de moi, raide comme un piquet, il fumait. J'ai eu envie d'aller demander une cigarette à ce jeune soldat qui me rappelait vaguement quelqu'un. Cela devait bien faire trois ans que j'avais arrêté, mais l'odeur du tabac évoquait pour moi une vie ancienne qui venait d'être pulvérisée. Il a hélé un autre militaire, j'ai tressailli en reconnaissant sa voix. Ntwali était vivant ! J'allais enfin savoir ce que tu étais devenu. Mais il était seul. Dans les rêves que je faisais sans cesse depuis trois ans, je vous imaginais arrivant devant la maison, côte à côte, inséparables depuis votre fuite de l'école secondaire, marchant au pas ou assis sur un véhicule blindé, levant les doigts dans un V de victoire. Blanche et moi vous applaudissions, les jacarandas de la rue étaient de la fête, ils avaient recouvert le goudron de la route avec leurs milliers de pétales mauves. Votre victoire a pris une tout autre tournure. Vous avez conquis une ville remplie de fosses communes. Les fleurs tombaient sur des cadavres abandonnés, un silence immense vous a accueillis, un silence froid qui se glissait dans les moindres replis de vos vestes maculées. Tout ce mauve, tous ces morts. Bientôt nous allions, nous, les survivants, couvrir de mauve, la couleur du deuil dans la religion chrétienne, les premiers mémoriaux, les églises devenues abattoirs et nos épaules abattues.

Ntwali était seul. Cela voulait-il dire que tu n'étais plus ? Il me fallait savoir, je n'osais savoir. J'ai hésité tout en sachant que l'incertitude devait tout de suite être levée. À quoi cela m'aurait-il servi de m'accrocher à l'espoir durant cent jours, de survivre envers et contre tous, si cet espoir devait être soudainement anéanti ?

J'ai levé mon bras squelettique, ai agité vers lui une main raide qui chassait l'air chargé d'appréhension. Le ciel au-dessus de Butare s'est assombri, se mettait-il au diapason de nos âmes écorchées ?

Il m'a vue, a traversé la rue, il marchait comme un automate.

« Ntwali, tu te souviens de moi ? Je suis la mère de Bosco, tu te souviens de moi, mon enfant ? »

Il ne m'a pas répondu tout de suite. Le regard distant, l'air impassible, un grognement. Puis :

« Ton fils est ici. Je vais le chercher. »

Je crois que je me suis évanouie. Quand j'ai rouvert les yeux, tu étais à mes côtés. Tu m'as soulevée avec mille précautions, m'as portée comme un enfant, je ne devais pas peser plus lourd qu'un enfant, jusqu'à un endroit où d'autres moribonds étaient allongés.

Je n'ai revu Ntwali qu'au moment de votre départ vers le front du Nord, puis plusieurs mois après. Entre-temps, tu m'avais expliqué pourquoi il était devenu si froid, si peu loquace. Sa maison natale rasée, les corps des siens que vous aviez retrouvés démembrés, à moitié dévorés par les chiens, votre capitaine qui avait ordonné de continuer à avancer, parce que la nuit allait tomber et qu'il ne fallait pas risquer une embuscade avant d'avoir atteint Butare. Tu racontais cela d'un ton neutre et contrôlé, on vous avait interdit toute manifestation de sentiments. Vous étiez des soldats, fourbus, à bout de nerfs, mais vous aviez une guerre à gagner, un pays à conquérir. Vous aviez, dans le maquis, alors que la pluie, la faim et la peur vous taraudaient, pensé chaque jour au bon repas chaud que votre mère vous préparerait pour fêter votre retour, au lait, au miel et à la bière qui couleraient sur les héros que vous alliez devenir. Ntwali n'avait plus personne pour l'attendre, seul le sang coulait, et les corps gonflés dans tous les fleuves filaient.

Votre victoire fut d'une amertume sans mesure. Après la prise totale du pays, quand les autres dansaient sur *Intsinzi bana b'u Rwanda*, « La victoire des enfants du Rwanda », vous sanglotiez en cachette et enfonciez votre poing dans la gorge pour empêcher la montée des cris.

Ton ami resta soldat comme toi, il disait : « Où pourrais-je aller d'autre ? À quoi bon faire des études et travailler, que ferais-je de l'argent gagné si je ne peux soutenir mes parents, gâter mes sœurs, construire une belle maison à ma grand-mère ? » Toi, je te suppliai de rentrer à la maison, de reprendre le chemin de l'école. Tu ne voulus rien entendre.

Or ce n'est pas lui, qui avait pourtant été le plus éprouvé, qui s'est donné la mort. Maintenant, il a une compagne et des enfants, une raison de travailler, de rester debout.

C'est lui qui m'a raconté comment vous étiez partis au Zaïre en 1996 avec l'intention d'y retrouver les tueurs de nos familles, de les ramener en les traînant par les pieds sur le lieu de leurs crimes, de les enfermer dans des trous sombres et profonds où chaque jour ils seraient forcés d'écouter en boucle un enregistrement de survivants décrivant les tortures qu'ils avaient infligées à leurs voisins, leurs amis, leurs beaux-frères, leurs femmes parfois. Avec le projet de les rendre complètement fous parce que les tuer aurait été leur offrir un statut de victime qu'ils ne méritaient pas, parce que les tuer ne vous aurait pas soulagés. Vous étiez si naïfs, mes enfants, vous sembliez ne pas avoir encore compris que la guerre n'est pas destinée à rendre justice. Vous étiez des soldats, pas des justiciers, vous aviez une mission, des ordres à respecter.

Ntwali est venu dès qu'il a appris ta mort. Il est resté à mes côtés, a compris sans doute aussi bien que ma sœur Maria pourquoi j'avais enterré ma voix là d'où elle ne sortirait plus jamais. Il m'a parlé de toi, d'un Bosco qui m'était inconnu. Votre périple pour rejoindre le front des rebelles en 91 après avoir fugué de l'école de Save. Le passeur qui vous avait fait traverser en pirogue de nuit la rivière Akanyaru au sud de Butare jusqu'au Burundi. Les semaines passées à Bujumbura à attendre d'être recruté par une des cellules politiques secrètes du Front patriotique rwandais. C'est là-bas que tu as appris que ton père était mort, mort et enterré depuis de nombreuses années dans sa prison du Nord. Ce fut l'anéantissement de tous tes rêves. Ntwali m'a dit que tu avais pleuré comme un enfant, versé des torrents de larmes sur cet homme qui ne t'avait jamais vu, qui ignorait même ton existence, pleuré ton pays dont les écartèlements entre frères du même sang, divisés artificiellement en groupes antagonistes, avaient brisé tant de familles, ce pays dont tu venais de te bannir pour un fantôme évaporé depuis cent lunes. Quand, quelques mois plus tard, tu nous as envoyé un petit mot qui disait : « J'ai rejoint les amis de mon père », j'ai compris ce qui t'avait motivé à partir faire la guerre, Bosco : sans doute avais-tu fini par apprendre que ton père avait été jeté au pénitencier de haute sécurité de Ruhengeri, dans le Nord, avec les autres dignitaires du Sud arrêtés lors du coup d'État de 1973. Or, en janvier 1991 justement, l'Armée patriotique rwandaise avait fait une attaque éclair sur la prison où elle avait libéré les vieux prisonniers politiques de 1973 qui y étaient détenus, les plus célèbres d'entre eux étant Lizinde et Biseruka. Tu as dû penser que ton père était avec eux.

Combien d'années à grappiller auprès des autres les informations que je te refusais ? Au fil des ans, tu avais reconstitué le puzzle de tes origines, morceau par morceau, à tâtons, l'histoire de ta vie.

Peut-être te manquait-il certaines pièces, peut-être as-tu romancé certains épisodes. Moi je sais comment tout a commencé, et je vais te le raconter. Comme on fait un rapport militaire, comme on dresse un acte de décès. Il est trop tard, mais il faut le faire, pour les registres, par acquit de conscience, parce qu'il est plus facile de parler à un mort qu'à un vivant. Tu ne risques pas de me couper ni de me répondre.

Le temps du romantisme est passé, ton cœur s'est arrêté, inconsolé, le mien est à bout de souffle.

D'abord, Damascène, ton père, m'a aimée, puis je suis tombée amoureuse de lui. À Save, deux lycéens, une histoire d'adolescence, tout aurait pu bien se terminer. Sauf que nous étions rwandais, lui hutu, moi tutsi. Sa famille était de Gitarama, ça, j'ai compris que tu le savais parce que ton dos s'était mis à se raidir sous ma main, dans le minibus, lorsque nous arrivions à hauteur de Ruhango. Ton regard qui fouillait dans la foule du marché, essayais-tu de trouver un visage qui te ressemblerait, un oncle, un cousin ? Je ne te posais pas de questions, la route nous emportait vers notre antre à secrets, notre maison de Butare.

Les Hutu du Sud, et surtout ceux de Gitarama, tenaient les rênes du pouvoir de la jeune première république indépendante dirigée par Grégoire Kayibanda. La discrimination généralisée contre les Tutsi était présentée comme une politique d'alignement. Mais à Nyanza, lui à l'école des garçons, moi à celle des filles, au hasard des quelques fêtes nous réunissant sporadiquement, nous nous sommes laissé prendre à l'amour, stupidement, passionnément, comme tous les adolescents de tous les temps. Nos parents l'ignoraient, bien évidemment.

Ton père termina ses humanités un an avant moi. Il décrocha tout de suite une bourse pour aller étudier en Russie, à l'université de Moscou. La nouvelle me glaça : il allait partir de l'autre côté de la terre. L'URSS avait signé des accords de coopération avec le Rwanda dès le lendemain de l'indépendance, en 1962 ou 1963, comme avec beaucoup de pays africains. Tout le monde semble avoir oublié aujourd'hui l'histoire des dizaines de milliers d'étudiants africains qui sont allés se former dans les pays soviétiques pendant la guerre froide, l'histoire de l'université Patrice-Lumumba, dédiée à « l'amitié entre les peuples » par Nikita Khrouchtchev au début des années 60. Des milliers de jeunes venus des quatre coins du continent avaient ainsi obtenu des bourses grâce aux coopérations entre États, entre organisations culturelles et sociales ou syndicales pour aller se former en URSS, en RDA, en Tchécoslovaquie, *et cetera*.

Ton père fut de ceux-là. Jonglant habilement entre les impératifs paradoxaux du monde blanc, entre la démocratie chrétienne des Belges et l'athéisme radical des soviets.

Il me promit de parler de moi à sa famille avant son départ et de m'épouser dès son retour, prévu quatre ans plus tard. Me promit de m'écrire très souvent. Et me fit promettre de l'attendre. Que de serments. Je séchai mes larmes, finis mon année sans recevoir une seule lettre de lui. Le temps passe plus lentement pour celui qui est resté. Puis je pris mon premier emploi à l'ISAR. Lasse d'attendre ses lettres, je me décidai à aller frapper à la porte de ses parents. J'eus à peine le temps de me présenter à son père qu'il me jeta dehors, sans ménagement. À son retour, Damascène m'apprendrait que les siens avaient intercepté toutes les lettres qu'il m'avait écrites. Mais, entre-temps, moi, j'avais décidé d'avancer, de me trouver un autre mari. Je rencontrai le père de Blanche, c'était un ami de M. Herbillon, mon patron à l'ISAR. Il aimait les plantes exotiques et les Africaines. J'eus de la chance, il décida de m'épouser dès que je tombai enceinte. La famille de Damascène, dès qu'elle l'apprit, s'empressa de lui dire que je l'avais effacé de ma vie, que je lui avais préféré un Blanc. Je ne l'avais pas oublié, j'avais juste cessé de l'attendre.

Seulement, il rentra de Russie en proclamant et réclamant le même amour. Le père de Blanche dut quitter le pays, mais ça, c'est une autre histoire, ce n'est pas la tienne.

Damascène souhaita renouer notre relation. Nous n'aurions pas dû. Est-ce que je l'aimais encore ? Je ne sais pas, j'imagine que ce fut comme la première fois, il m'aima et je tombai. Il nous prit sous son aile, ta sœur et moi – « Je m'occuperai bien de ta petite Blanche, ne t'inquiète pas. » Tu parles, il aurait fini par me la reprocher, elle était la preuve vivante, quotidienne que je ne l'avais pas attendu sagement.

Ton père s'était vu attribuer un poste important à la présidence de la République dès son retour de Russie. Il devint un homme puissant, influent. Peut-on s'opposer au désir des puissants, refuser de vivre sous leur protection ?

Mais à la même époque, un vent mauvais se mit à souffler. De nouveau, comme en 59 et en 63, les Tutsi furent pris à partie, chassés des écoles, tués. En même temps, les Hutu du Burundi fuyaient chez nous le régime de Micombero. Un groupe de cinq généraux hutu originaires du nord du pays prit pour prétexte les divisions « ethniques » pour renverser le président Kayibanda. Ton père fut arrêté, il était cette nuit-là à Butare, ils m'emmenèrent avec lui. Nous fûmes séparés. Je fus interrogée. Brutalement. C'est au pénitencier que je découvris que j'étais enceinte de toi. Je fus libérée. Je ne verrais plus jamais Damascène. Plusieurs années passèrent. Je cessai de l'attendre, encore une fois. Quand tu commenças à poser des questions, je te dis : « Il est mort, un point c'est tout. »

Tu ne me crus pas. Tu reconstituas patiemment de ton côté le puzzle de tes origines. Quand l'armée des rebelles libéra les prisonniers politiques enfermés à Ruhengeri, tu pensas que ton père en était. Tu fuguas.

Voilà, Bosco, comment tout cela a commencé. Maintenant, c'est moi qui essaie d'assembler les pièces de ton histoire, qui tente de comprendre comment tu en es arrivé à ce geste fatal. Mon enfant, je ne t'avais pas fait exprès. Tout ce silence dont je t'ai entouré t'a étouffé. Je pensais te protéger. Je t'ai perdu.

Ntwali m'a raconté ton désarroi, la méfiance que l'on te manifestait à Bujumbura, soupçonné d'être un espion envoyé par le pouvoir hutu extrémiste de Kigali. Illégitime une fois de plus, sommé de prouver ta loyauté. Parce que tu étais de père hutu ? La plupart devaient l'ignorer, je crois que c'est surtout parce qu'ils considéraient avec suspicion ceux qui arrivaient du Rwanda, a priori contaminés par le Hutu Power. Même si le projet de retrouver Damascène dans le maquis venait de s'effondrer, tu as voulu continuer. Songeais-tu déjà avec soulagement à la balle qui allait t'emporter au royaume des morts où l'esprit de ton père, *umuzimu wa so,* t'aurait attendu ?

Finalement, à la faveur d'un besoin soudain de nouvelles recrues sur le front, on a accepté que tu intègres l'Armée patriotique rwandaise. L'idéologie officielle des *inkotanyi* voulait qu'il n'y ait plus ni Hutu ni Tutsi ni Twa, mais un peuple rwandais autrefois divisé par les considérations racialistes des colons, et qu'il fallait désormais unifier pour construire un pays nouveau. Tu croyais pouvoir participer à cette transformation radicale de la société, changer la donne.

J'ai appris de la bouche de ton ami les longues marches la nuit pour aller du Burundi jusqu'au sud-ouest de l'Ouganda, en traversant la grande Tanzanie. En silence, mal équipés, à travers des forêts hostiles, des savanes arides, votre faim et votre soif difficilement apaisées par le lait que vous donnaient parfois les bergers tutsi de la diaspora qui attendaient votre victoire pour retrouver la terre de leurs ancêtres.

Puis le camp d'entraînement, les souffrances, la rudesse absolue de la vie dans le maquis, la fatigue des corps et des esprits que l'on redressait à coups de séances quotidiennes d'éducation politique. Tu as cherché en vain à trouver un des anciens compagnons de cellule de ton père, pour apprendre d'eux ce qui t'importait le plus : ses dernières paroles.

Comme ta mort m'avait plongée dans un mutisme profond, que je ne lui posais aucune question, ton compagnon d'infortune choisissait ce qu'il voulait me dire ou taire. Mon regard lui répondait, baigné de larmes et de reconnaissance. Quand, avant ta mort, j'avais essayé de t'interroger sur les vicissitudes de ta vie de guerrier, tu m'avais toujours répondu que tu ne pouvais pas en parler, que tu ignorais tout de la langue dans laquelle ces choses se partagent avec sa mère.

Ntwali m'a peut-être épargné les pires traitements, les scènes les plus atroces. Il m'a dit que tu avais été d'un courage sans nom, qu'à plusieurs reprises tu lui avais sauvé la vie, notamment en l'empêchant de déserter, qu'on t'avait parfois envoyé dans des missions sans espoir pour tester ta loyauté, que chaque fois tu t'en étais sorti miraculeusement. « Ce sont toutes les prières que Blanche et toi faisiez pour lui qui l'ont protégé. »

Il n'a pas souhaité me raconter le pays déserté de toute vie que vous avez traversé, les expéditions que vous faisiez de nuit dans les enclaves encore tenues par l'armée gouvernementale pour en extraire les rares Tutsi vivants, la découverte de ce qui avait été la maison de son enfance, sa famille exterminée. Cela, je l'apprends chaque année lors des veillées de commémoration organisées dans tout le pays, d'avril à juin, lorsque des rescapés témoignent de leur calvaire en public ou à la radio. Tous se souviennent du jour où vous êtes arrivés. Souvent trop tard, quand il ne restait plus qu'une poignée à sauver. J'ai aussi assisté aux procès des tribunaux communautaires *gacaca* sur la colline d'Ikomoko, pour essayer d'apprendre comment mon père, mes frères et leurs familles, mes oncles et mes tantes avaient été tués, par qui et où et de la plus atroce des façons. Je n'ai pas appris grand-chose, les tueurs ne lâchaient que quelques rares informations pour bénéficier d'une remise de peine. J'ai seulement compris que leurs demandes de pardon étaient purement administratives. Je leur ai refusé le mien. Et j'ai appris que mon cœur n'était pas près de cicatriser.

J'ai accompagné Ntwali dans toutes les démarches qu'il faisait pour offrir une sépulture aux restes des siens, en silence. Je l'ai aidé à laver les ossements, à les ranger dans des cercueils en bois, à construire une tombe surplombée d'une pierre sur laquelle les noms des membres de sa famille ont été écrits, pour mémoire. Nous avons prié pour eux, que pouvions-nous faire de plus ?

Ntwali a donné ton nom, Bosco, à l'aîné de ses fils. C'est un gentil garçon, il a une grande bouche charnue et comme toi des yeux bien écartés, intelligents. Il me l'envoie parfois aux grandes vacances, je l'installe dans la chambre de Blanche et lui ai donné tous les livres de ton enfance. Il ne sait pas encore lire mais adore regarder les images des bandes dessinées. Ces livres, c'est bien la seule chose qui n'avait pas été pillée en 94, n'est-ce pas ?

Je me souviens, quelques jours avant ton suicide, tu avais confectionné une petite étagère à partir des planches composant le vieux banc sur lequel nous nous étions assis pendant des années avec ta sœur, sur la *barza*. Je m'étais fâchée, cet objet représentait tant pour moi. Tu avais rétorqué en enfonçant le dernier clou dans le bois fatigué : « Le temps des histoires pour enfants est terminé, Mama, ceci sera le petit mémorial de ce que nous avons été. » Et tu avais déposé dessus les reliques récupérées dans notre maison saccagée, les livres, un chapelet, des douilles de balle et un bouquet d'immortelles séchées.

J'ignore encore ce qui t'a emporté, mon fils, mais je sais désormais le sentier qui t'y a mené, comment notre histoire t'a lentement, sûrement, oblitéré.

Blanche

Être porteuse d'une maladie génétique héréditaire quand on ignore tout d'un de ses deux parents est une angoisse nouvelle que j'apprends à apprivoiser. Le médecin m'a demandé : « Avez-vous des antécédents familiaux ? » C'était une question de routine pour lui. J'ai dit : « Je ne sais rien de la santé qu'avait mon père, je ne l'ai pas connu. » Et comme pour m'en excuser, immédiatement après, pour faire diversion, masquer mon ignorance, j'ai ajouté : « Mais ma mère va bien, elle n'a rien. » Le dernier mot m'est revenu en écho, démultiplié, un parachute qui prend feu, une béquille de bois rongée de l'intérieur par une armée de termites. Je me suis énervée : « Qu'importe le passé, dites-moi comment va mon fils, quel avenir il aura. »

Notre projet de voyage au Rwanda, prévu trois ans et demi après la naissance de Stokely, a été contrarié. Nous avons dû mettre bien des choses entre parenthèses. Si nous sommes venus sans ton petit-fils, Mama, c'est que nous avons appris juste avant notre départ qu'il est atteint d'un mal rare qui empêche son sang de coaguler normalement. Cette maladie est transmise par les parents, de génération en génération. Je suis porteuse, sans doute mon père l'était-il aussi. Peut-être le saurai-je un jour. Je pensais tout connaître des douleurs qui se transmettent dans une famille, je m'étais juré de briser pour mon fils le cercle vicieux de nos vicissitudes, de dégager largement sa voie pour qu'il ne se cogne pas, comme Bosco et moi, au passé tapi en embuscade à chaque angle de nos existences. Mais voilà qu'avec mon sang gâté je réenclenche le circuit des misères invisibles qui nous lient, à la vie à la mort. Quand j'ai appelé ta sœur Maria pour le lui expliquer, j'ai senti sa peur incontrôlée. Les seules maladies présentes dans le sang dont on parlait beaucoup au pays étaient le sida et l'hépatite C. Je l'ai rassurée, rien de tout cela, Stokely allait recevoir un traitement adéquat et vivre aussi longtemps que s'il n'avait pas été atteint, mais les hématologues nous avaient fortement déconseillé un voyage au Rwanda où les soins n'existaient pas. En cas de blessure importante, il fallait l'injection urgente et régulière de concentrés des facteurs de Willebrand défectueux dans son sang pour arrêter l'hémorragie. Ces médicaments dérivés du plasma ne se trouvaient pas dans les hôpitaux du pays, leur transport était délicat, il ne fallait pas faire courir le moindre risque à l'enfant. Elle n'a sans doute pas tout compris, sauf que ton petit-fils ne serait pas du voyage et qu'il allait falloir attendre encore un peu avant de le rencontrer, prévoir pour toi un voyage chez nous. J'imaginais ta déception, elle imaginait mon désarroi. À la culpabilité de ne pas avoir repéré les symptômes de la maladie avant l'entrée de mon fils à l'école maternelle s'ajoutait celle de le laisser pour la première fois aussi longtemps sans ses parents. Ma belle-mère, qui a été infirmière elle aussi, nous a assuré que tout allait bien se passer, et nous a interdit d'annuler cette visite que nous préparions depuis des mois.

Tu es venue à l'aéroport nous accueillir, avec Maria et l'aîné de ses petits-fils, Gaspard, qui vit désormais à Kigali. Drapées dans vos *imikenyero* aux couleurs claires, on aurait dit deux vestales romaines chargées de veiller sur le foyer de notre famille que la haine et le désespoir ont sans cesse étouffé sans toutefois l'éteindre complètement. J'ai pensé en voyant tes mains jointes sous ton menton comme pour une prière à ces mots de la liturgie catholique : « Ramène à toi tous tes enfants dispersés. » Pas tous, je viens seule, sans mon fils et sans Bosco qui s'est évaporé. Mais oui, je me sens bien comme une enfant dispersée, une chose éparpillée qui revient là où tout a commencé, la mise en morceaux, l'amour éclaboussé de secrets, la famille en lambeaux. Je suis seule avec ce mari dont tu avais craint au début qu'il ne m'emmène vivre sur une île lointaine, qu'il ne m'empêche, avec son antillanité, de devenir une vraie Française. Mon mari qui a pris à vingt ans le nom d'un des héros des indépendances africaines sans avoir jamais posé un pied sur le continent. Il a si longtemps fantasmé cette terre qu'il dit être celle de ses ancêtres que je crains déjà sa déception. Je l'ai prévenu que les Rwandais, ayant été longtemps protégés par la position enclavée de leur petit pays, loin des côtes, entouré de très hautes collines et défendu par une armée bien organisée, n'avaient jamais été faits captifs, jamais jetés dans les bateaux esclavagistes. Il s'en fichait. Moi-même je ne faisais que répéter ce que j'avais entendu sans en être absolument certaine. Il disait : « C'est aux sources du Nil », je tempérais : « Je crois que les sources du Nil ont été localisées au Burundi plutôt », il s'émerveillait : « Quel courage, quel peuple résilient ! », je tentais de lui expliquer la différence entre la réparation d'un pays et celle des cœurs, il a voulu apprendre quelques mots de kinyarwanda, je l'ai mis en garde : « Tout le monde se moquera de ta mauvaise prononciation. » Pourquoi est-ce que je lui ai fait un portrait si sombre de ce vers quoi nous allions ? Avais-je donc si peur de me retrouver projetée quatre ans auparavant, mon premier retour désastreux, de retrouver les restes asséchés, figés, de nos repas silencieux, l'air vicié par les reproches de Bosco et mon impossibilité à comprendre sa détresse, ma trop malhabile délicatesse avec une mère en éclats ? Avais-je peur de ton silence qui avait tout avalé, dont j'ignorais si j'allais trouver la façon de l'habiter, s'il allait se couler dans ma gorge, m'empêcher de te dire ce que j'avais encore à te dire ? De devenir une simple continuité après avoir été une contingence de ta vie ? Moi, ton enfant dispersée.

Mon mari ne pouvait comprendre tout cela. Comment l'aurait-il pu ? Je me retenais de partager mes doutes avec lui, feignais la fatigue des préparatifs heurtés par l'organisation de la garde de Stokely, son nouveau protocole de soins. Nous avons raccourci la durée initiale de notre séjour de trois semaines à dix jours, pour ne pas le laisser trop longtemps seul avec son autre grand-mère qui risquait d'être vite débordée.

Encore un voyage en avion la gorge nouée, pas envie de parler, pas envie de manger, juste la hantise d'arriver et de me confronter à cette terre que je chéris et crains à la fois, la mère de tous mes ennuis, pourquoi ne suis-je pas née en Patagonie ?

Quatre ans que je ne t'ai pas vue, mon Dieu que tu as vieilli, Mama ! Est-ce l'âge ou la perte de ton fils qui t'a blanchi ainsi la tête ? Tu as le front ceint d'un *urugoli*, cette désuète couronne de maternité en écorce de sorgho que tu n'as pas portée sans doute depuis ton mariage avec mon père. Je suis émue par ce symbole que tu me donnes à voir dès mes premières minutes sur notre sol natal. Tu ne parles plus mais cet *urugoli* dit bien plus que tous les mots, comme la longue accolade que tu m'offres une fois la douane passée. Quand tu étais jeune, tu te moquais doucement de cette façon qu'avaient les vieilles, ta mère et tes tantes, de nous presser contre elles, épaules contre épaules, front contre front, interminablement. Mon frère et moi n'aimions pas trop ces salutations-massages, comme nous les appelions, qui nous enserraient dans les odeurs de tabac et d'eucalyptus de leurs longues toges passées, qu'elles prolongeaient indéfiniment avec les vœux de troupeaux de belles vaches *amashyo*, auxquels nous ne savions répondre sans bafouiller.

Aujourd'hui, je voudrais que ton étreinte ne s'arrête pas, que toutes les illusions, les hontes et les peines disparaissent comme une flamme de bougie pressée entre deux doigts réunis.

Nous ne parvenons pas à nous détacher, Maria nous enserre à son tour de ses longs et maigres bras et, voyant Samora hésiter, intimidé et fasciné par ces retrouvailles, je le prends par la main, l'attire contre la masse indistincte que nous formons. Bienvenue chez nous.

Dans la voiture de mon neveu, qui traverse lentement la nuit de la capitale, les langues se mêlent à la musique, Maria parle pour deux en kinyarwanda, tu acquiesces des yeux, Gaspard traduit en français pour Samora, nos rires timides sont recouverts par la voix de Cécile Kayirebwa qui chante *Natashye iwacu*, « Je suis rentrée chez nous », mon regard scrute avec gratitude les étoiles qui scintillent au-delà des collines.

Les dix jours passent comme une série de cartes postales, mes cousins montrent le pays à mon mari, le lac à Kibuye puis à Gisenyi, le mémorial du génocide de Gisozi et celui de Murambi, le parc de l'Akagera, la forêt de Nyungwe, le musée ethnographique de Butare, les volcans et les gorilles des Virunga, le mémorial du génocide de Bisesero et celui de Nyamata, tout s'enchaîne et se mêle, je suis le mouvement sans avoir le temps de penser, sans avoir le choix de poser mes priorités. Je voudrais avoir un peu de temps seule avec toi, Mama. Je fais arpenter à Samora les rues de la ville de mon enfance, il me dit : « J'imaginais autre chose, plus grand, plus pimpant », je lui avoue amèrement : « Ça l'a été, je crois, ou dans mes souvenirs peut-être seulement. » L'école et le centre culturel français n'existent plus, l'école belge non plus, le quartier arabe a perdu son animation des jours de marché. Il y a quelques immeubles en construction. L'extension universitaire où j'allais emprunter de vieux livres quand le CCF était fermé l'été a aussi disparu, la librairie universitaire, là où tu as survécu en 1994, abrite désormais une quincaillerie. Je me demande où sont entreposés tous les livres. La plupart des sections de l'université ont été transférées à Kigali. Buye est endormi, Tumba renfrogné, Kabutare ne s'en sort pas mieux, Ngoma aussi est assoupi. Ces quartiers formaient tout mon horizon ici, longtemps j'ai cru que la vie était là. Oui, nous avons tous cru en quelque chose durant l'enfance, toi comme moi, des rêves différents par génération. Finalement, toi et moi sommes allées plus loin que nous l'aurions imaginé. Mais à quel prix. Tu as quitté ta colline, j'ai quitté mon pays. Et nous voici ici aujourd'hui, notre horizon s'est rétréci, c'est une carte racornie, fatiguée, mais dont ce qui subsiste pourra toujours indiquer à mon fils une histoire, un fil à retisser, le trésor de la transmission quand elle est possible.

Samora est tombé en amour avec le Rwanda, il butine, fait le plein de soleil, d'*Afrique au cœur*, d'histoires *incroyables*. Il m'a dit qu'il voulait écrire un livre. Encore un. Mes petits-neveux sont de la nouvelle génération, ils n'ont qu'un souvenir très vague de leurs parents, du pays d'avant. Ils participent manu militari à l'histoire qui se la raconte aujourd'hui. Que savent-ils de la nostalgie ? Pour eux, cela s'apprend par cœur à l'école, sans chercher à comprendre, comme nous autrefois avec les contes, les proverbes et les accolades de nos grands-parents. Ça fait joli, ça rajoute une certaine authenticité à la fierté d'être un pays-phénix.

Mama, tu pourrais être mise dans un musée, tu sais.

Vient le dernier jour, celui de tous les dangers. Tu as accepté de venir bientôt en France nous visiter. Rencontrer Stokely. Il me semble que pour lui tu pourrais te remettre à parler. Les murs de ta chambre sont couverts de photos de lui. Il a la même couleur de peau que moi, finalement nous avons cessé de nous diluer, tu te satisfais du café au lait désormais.

Nous nous sommes levées de bon matin. L'air est très humide, on pourrait s'enrhumer. Tes pulls, tes écharpes : désormais comme ta mère tu tricotes toute la journée. Nous nous habillons chaudement pour aller voir la tombe de Bosco. Le cimetière est immense, que de morts ici depuis huit ans. Tu avances d'un pas assuré, je devine que tu viens souvent. Je la repère tout de suite, toute blanche, entourée de couleurs. Les dernières traînées de brumes finissent de s'élever au-dessus des sépultures. Tu as planté une bougainvillée fuchsia qui fleurit généreusement derrière la croix en bois verni, il y a un vase posé sur le carrelage blanc avec une brassée d'œillets. Tu me regardes avec un air de compassion pendant que j'essaie de prier. Tous tes enfants dispersés, sur la terre comme au ciel, nous sommes là aujourd'hui. Un léger vent monte du fond de ma mémoire et parcourt lentement le cimetière, il fait frissonner les feuilles de souvenirs, éparpille les poussières de regrets sans ménagement. Toi, tu as apprivoisé une solitude âcre et grise comme la fumée des cigarettes que tu fumes du matin au soir, tu combats le froid en t'emmitouflant dans d'épaisses cuirasses de laine, tu ressasses vaguement un passé dont tu ne cherches plus à te libérer. On pourrait te mettre au musée, Mama. Maintenant, tu restes pour éclabousser de couleurs le toit de la dernière demeure de ton fils. Pluie de pétales pour conjurer l'oubli. Tu jardines au cimetière en attendant de voir ton petit-fils, qui a poussé de l'autre côté de la terre, l'enfant qui a fleuri de l'autre côté du désastre.

Sur le chemin du retour tu tangues comme en pleine mer, je pense alors que tu n'as jamais vu la mer, jamais mis les pieds sur un bateau, quasiment jamais quitté ce minuscule pays enclavé, et je songe à l'étendue des sentiments que tu as pourtant parcourus en soixante ans, témoin d'une époque, du naufrage d'un peuple, de la perte de tant d'illusions. Que peux-tu bien penser, toi, de la résurrection annoncée, de la réconciliation, des démons enterrés à fleur de terre, à fleur de guerre ? Comment raconterais-tu tout ce bazar si l'occasion t'en était donnée ? Écrit-on plus intensément quand la parole a cessé ? Samora voudrait écrire ton histoire, il voudrait que je la lui raconte. Je m'y refuse. Si un jour un roman sur toi devait voir le jour, il n'y a que toi ou moi qui saurions le faire. Quand chaque lettre est tracée avec une goutte de son propre sang, on ne s'étale pas inutilement, on apprend à remplir les blancs de regards parlants. C'est une question de décence, comprenne qui voudra. Les gens qui écrivent sur nous, ceux qui cherchent à transcrire nos silences sans en connaître la partition manquent parfois de correction. Je ne le laisserai pas te transformer en chair à fiction.

Nous remontons la route, croisant tout un tas de gens dont certains s'arrêtent pour nous saluer, ils me demandent si je vais rester, je dis non mais pour la première fois j'effleure l'éventualité de revenir m'installer. Peut-être pourrai-je moi aussi participer à ce grand chantier. Peut-on transformer une vieille demeure sans transformer les hommes et les femmes qui ont toujours habité cette maison, caché leurs haines dans les lézardes des murs, planté des graines-poison au fond du jardin, glissé des poignards dans les faux plafonds ?

Et s'ils ne changent pas, où les met-on ? Au musée ? On ravale les nations comme les façades, de nos jours. Ça donne un air de neuf en attendant d'avoir les moyens humains de désamianter et de refaire l'intérieur. Mais qui les aura jamais, ces moyens-là ? L'âme des peuples est un chantier perpétuel. Les spin doctors et conseillers en communication sont les nouveaux charpentiers du monde en mode storytelling. C'est un choix judicieux, propre et rentable. Est-ce de cela que j'ai envie, vraiment ? Pour le moment, ma vie est ailleurs.

Ta main ne cesse d'étreindre mon bras, comme pour mieux m'atteindre dans les replis de toi que j'ai construits depuis si longtemps pour me protéger, les réchauffer au point de faire fondre la cire froide qui a tout envahi. Tu me signifies que je n'ai rien à te pardonner, que tout cela n'était pas fait exprès, tes doigts ont la douceur d'une cicatrice lissée, la chaleur d'un cœur apaisé. Accepter n'est pas se résigner, semble dire le sourire qui envahit ton visage comme l'ombre d'une colombe qui traverserait une cour sous le soleil de fin de matinée. Peut-être sommes-nous enfin capables de nous entendre sans arrière-pensées. Je sonde mon cœur et reconnais que le temps de l'amertume est passé.

Plus qu'une demi-journée à partager avec toi. Tu lâches mon bras quand nous pénétrons dans la cour avant de la maison, et d'un large mouvement de la main me montres les fleurs qui débordent des jardinières. Sur le mur grimpent un jasmin étoilé, une passiflore et un liseron blanc dont les tiges sont si entrelacées qu'elles semblent de la même famille. Ainsi tu ne fais pas que tricoter, tu jardines toute la sainte journée, au cimetière ou ici. Les fleurs

173

de canna d'autrefois ont été remplacées par des hibiscus rouges, et toujours de la misère partout qui tombe jusqu'à terre et qu'il faut parfois couper. Sur la *barza* devant le salon, tu as suspendu une dizaine d'orchidées ramenées de la forêt de Nyungwe, elles habillent la paroi de taches veloutées, on dirait une fresque d'oiseaux empaillés. Tu as toujours aimé jardiner, sans doute en souvenir des deux années à l'Institut de recherche agronomique. Tu m'as transmis cette proximité avec les végétaux, les mains heureuses de plonger dans la terre, le nez poudré de pollen. Quand la nostalgie se faisait trop forte, ces dernières années, j'allais parcourir les allées des jardins botaniques, à la recherche d'espèces *exotiques*. Depuis un an, j'emmène tous les samedis Stokely à la nouvelle serre tropicale de Pessac, il se cache derrière les mandariniers ou les yuccas, je lui dis : « Presque tout ça pousse chez ta grand-mère, ta *Nyogokuru* », il croit que tu as un immense parc et dix jardiniers pour l'entretenir. Il ne sait pas encore distinguer la grand-mère du pays, tu as forcément créé tout ce qui vient du Rwanda. Et tant pis si ces plantes en pots surchauffés sont les vestiges d'un butin colonial, j'ai une affection toute particulière pour les fleurs déracinées, rempotées, exposées, je me sais comme elles le fruit d'un passé enterré qui n'a pas fini de faire des racines.

Nous entrons dans le salon, tu m'indiques que je dois m'asseoir et attendre, je me sens si fatiguée, je voudrais dormir un peu, les canapés ont désormais des coussins moelleux en velours vert sur lesquels je pourrais m'allonger. J'aimerais dormir une éternité.

Il y a un arrière-plan d'inquiétude dans tes yeux quand tu reviens et me tends une boîte en carton que je n'ai jamais vue. Tu sembles au dernier moment hésiter à la lâcher, alors qu'elle repose déjà entièrement dans mes paumes tremblantes. Tu poses tes mains dessus, on dirait que tu la bénis, soupires. Le rai de lumière qui entre par la porte entrouverte macule de blanc tes longs doigts immobiles. Du sol en ciment fraîchement lessivé monte une odeur de savon. Tu soupires, me caresses la joue en prévision des larmes qui vont bientôt s'y déverser, puis tu tournes les talons, j'entends la porte de ta chambre se refermer délicatement. Voici venu le temps des explications. Vais-je oser m'y engager, maintenant que je me sais en paix avec toi ?

La boîte semble vieille, venue d'une époque reculée que je n'ai pas habitée, elle a une odeur de tabac froid. Je la serre contre mon ventre et la porte avec mille précautions jusqu'à ma chambre, m'assieds sur le lit, soulève le couvercle.

Je reconnais tout de suite mon écriture enfantine, papier à petits carreaux de cahier d'écolier déchiré. Les lettres que j'ai écrites à mon père, intactes. Comment les as-tu trouvées ? Peut-être qu'après mon départ, quand les tueries ont commencé à Butare, tu t'es d'abord cachée dans le faux plafond ? Tu ne m'en as pas parlé à mon premier retour. Je les mets de côté, pour les relire plus tard, ou les brûler. Les as-tu lues, toi ? Voilà un premier secret déterré.

Je découvre d'autres lettres, ton écriture, des enveloppes estampillées *par avion*, le nom de mon père, l'adresse à laquelle je me suis présentée en avril 1994, à mon arrivée en France. Elles n'ont pas été décachetées. Un tampon rouge *retour à l'expéditeur*. L'encre est presque effacée. De quand datent-elles ? Je déchiffre 1973, 1974, 1981, 1991. Je crains qu'elles ne tombent en poussière si je tente de les ouvrir, les pose délicatement côte à côte sur le couvre-lit.

Encore mon écriture, la lettre que je t'ai envoyée en 1994 pour te raconter mon arrivée à Bordeaux. Je m'étais rendue à l'adresse de mon père que tu m'avais glissée juste avant que je ne fuie le Rwanda. Une femme blanche et sèche m'avait ouvert la porte, j'avais demandé si c'était bien là que vivait Antoine. Que lui voulez-vous ? Méfiante. Je suis sa fille. Entrez. Asseyez-vous là. Toujours méfiante, grise, une politesse tranchante. Racontez-moi tout, vous dites être sa fille, vous l'avez déjà rencontré ? Non, je viens d'arriver. J'avais sorti l'acte de naissance, ambassade de France au Rwanda. Il n'habite plus ici ? Non, ah ça non. Où est-il ? Ses doigts qui tiennent à peine le papier, dédain, comme s'il avait des germes, l'examen, circonspection. Il est mort, mademoiselle. Ça fait un petit moment déjà. Il est mort ? Je viens de vous le dire, non ? Je ne vous crois pas. Haha, tiens donc. Elle m'avait plantée là, était revenue avec un papier. Certificat de décès. Un dialogue de papiers. Le mien, odeur d'exil, contre le sien qui sentait la naphtaline. Une disparition racontée en formules administratives, non, pas racontée, constatée. Les artistes racontent, les clercs constatent, tamponnent, classent, archivent. Les cœurs ensevelissent ou exhument.

Je me doutais bien que si tu échappais au beau carnage qui se déroule chez toi tu allais venir un de ces quatre matins sonner à ma porte. Je n'avais pas la force de pleurer. Raide, immobile sur son beau canapé de cuir, j'attendais. Quoi ? Je ne sais pas.

Et vous, vous êtes qui ? Sa veuve. Ah.

Ta mère ? Elle est encore là-bas, je ne sais pas si elle va survivre. Mon père est mort ? Combien de fois dois-je te le dire ? Pourquoi n'a-t-il jamais donné de nouvelles, toutes ces années ? Ça, jeune fille, ta mère aurait dû te l'expliquer, c'est elle qui a tout manigancé après tout, c'est à cause d'elle qu'il a dû partir. De quoi vous parlez ? Ah je vois, elle ne t'a rien avoué. Bien. Après tout, il faut bien que quelqu'un te le dise. Elle a comploté avec son amant, le père de ton petit frère, qui travaillait au gouvernement, pour faire expulser ton père du pays et récupérer ses biens. Ce n'est pas vrai. Ah, et quelle est ta version des faits ? Je n'en ai pas, mais elle n'aurait pas fait ça. Il avait travaillé très dur pour acheter cette maison, lancer son restaurant, il avait toujours rêvé de faire sa vie en Afrique, de vivre au milieu de Noirs, il les aimait les Noirs, ah ça oui. On ne peut pas dire qu'ils le lui aient rendu. C'est lui qui vous l'a raconté ? Oui, bien sûr. Il a dû repartir à zéro à son retour ici, heureusement que je l'ai aidé. Il n'a jamais voulu me voir ? Il n'y a que lui qui aurait pu te répondre, mais là c'est un peu trop tard pour savoir. Rester droite, ne pas m'effondrer. Tu connais quelqu'un ici ? Non. Bien, il fallait s'y attendre. Je ne vais pas t'héberger, tu t'en doutes bien. Mais je vais te trouver un foyer et t'aider à faire les démarches pour t'installer, j'imagine que tu ne vas pas repartir chez toi. Quand vous arrivez ici, c'est toujours pour rester. Je ne suis pas une sans-cœur, moi, en France nous sommes civilisés, nous ne nous entre-tuons pas, nous accueillons les réfugiés, les déshérités. C'est tout ce que tu as comme bagage ? Oui.

Tu n'avais pas répondu à cette première lettre de 1994, Mama, tu m'avais juste dit au téléphone : « Heureusement que cette femme t'a un peu aidée, j'ignorais que ton père était mort. Ce n'est pas vrai ce qu'elle t'a raconté. » Tu ne m'avais donné aucune autre explication. Il me fallait donc être reconnaissante envers la veuve de mon père, capituler. Voilà ce que tu me demandais, me résigner, accepter sans protester l'altération de votre histoire par une étrangère légitime.

À l'époque, mes sentiments à ton égard oscillaient constamment : doute, haine, pitié, ressentiment. Il fallait étudier, trouver mes marques dans les méandres de la vie française, faire le deuil d'un homme que je n'avais pas connu, effacer cette nostalgie d'une relation qui n'avait jamais existé. Avancer, rester debout. Tenir droite, ne pas m'effondrer. Entre nous, un génocide qui t'avait si fragilisée qu'il aurait été indécent de te demander plus d'explication, d'aller racler les replis de ta mémoire. Plus rien n'aurait désormais la même importance. Faire une croix sur mon besoin d'explications, était le moindre des égards à te manifester, à toi qui venais de perdre ton père, tous tes frères, tes neveux et nièces, tes oncles et tantes.

J'ouvre les lettres qu'Antoine n'a jamais décachetées, y trouve ta version des faits. Tu ignorais tout de ce que Damascène avait manigancé. Un homme puissant et amoureux est capable de tout. La cabale montée contre le mari étranger pour récupérer l'ancienne amante. Tu avais été prise au piège d'une histoire qui te dépassait. Tu espérais qu'Antoine allait revenir. Tu ne mentionnais pas la prison, ni la naissance de Bosco. Tu ne demandais pas pardon, tu n'avais rien fait de mal, juste tenté de traverser les événements. Tu l'aimais encore, tu l'affirmais. Une photo de moi enfant, assise sur un banc, ta fille a besoin de toi, elle parle parfaitement le français. Pourquoi est-ce que tu ne me réponds pas ? J'ai planté les fleurs que tu aimais dans la cour de la maison. Le régime a changé, reviens, tout te sera restitué. Blanche a eu dix ans, elle te ressemble énormément. Tu me manques. Une photo de ma confirmation, aube immaculée, regard fuyant. Blanche a eu vingt ans, c'est une femme maintenant, elle espère te voir un jour, elle étudie la biologie à l'université, elle aime jardiner comme toi. Ainsi c'était de lui que je tenais ça, et elle-même avait dû apprendre en le voyant faire. Viens au moins une fois nous visiter. Blanche a eu vingt-deux ans, ici l'atmosphère est très tendue, je suis inquiète, accepterais-tu au moins une fois de me parler ? Je suis très inquiète, il y a une guerre civile, il vaudrait mieux qu'elle vienne se mettre à l'abri en France. Elle n'a pas à payer pour moi, tu lui as donné la vie, tu te dois de la protéger.

Il n'a jamais lu tes courriers, Mama. Ils te sont tous revenus. Les a-t-il au moins une fois tenus entre ses mains ou est-ce qu'une autre personne s'est chargée de les intercepter avant ? À quoi bon chercher aujourd'hui des explications qui le dédouaneraient ? Je te sais gré de ne pas m'avoir mêlée à cette entreprise désespérée, de ne pas m'avoir demandé de lui écrire, car alors j'aurais espéré une réponse, je serais passée chaque jour à la poste vérifier qu'il n'y avait pas une enveloppe dans notre boîte aux lettres. Je me serais desséchée dans une attente stérile d'enfant abandonnée. À la même époque je lui écrivais des lettres que je n'envoyais pas, comme pour me prémunir contre la déception. Ces deux correspondances sont aujourd'hui réunies. Elles au moins se seront rencontrées.

Immaculata

Une femme découvre un nouveau continent, un enfant découvre une vieille femme. La rencontre d'Immaculata et Stokely s'est passée dans un lieu de non-transmission. Les gens disent généralement : « Chez mon grand-père, chez ma grand-mère, c'était ainsi, il y avait des objets anciens, des choses dont j'ignorais l'usage et même le nom, nous allions à la pêche, elle m'apprenait à cuisiner les recettes qu'elle tenait de sa mère, nous allions nous promener dans des endroits qu'ils connaissaient depuis toujours, il y avait une malle avec des livres jaunes et poussiéreux, des colliers cassés et des pots de terre ébréchés qu'elle refusait de jeter, rangés avec soin au fond de la hutte servant de cuisine, on allait sur la tombe de ses parents, il me présentait fièrement à ses compagnons "de l'ancien temps", c'est elle qui m'a expliqué la campagne aux alentours, m'a raconté l'histoire de l'arbre millénaire trônant sur la crête de la plus haute colline là-haut, m'a donné le nom de chacun des points cardinaux, c'est lui qui m'a taillé ma première fronde dans le bois de l'arbre qu'il avait planté enfant. »

Pour ces deux-là le lien s'est noué à l'envers. C'est le petit-fils qui accueille la femme âgée dans son monde et lui en transmet les codes. « *Nyogokuru*, Grand-mère, tu vas dormir avec moi, bienvenue dans ma chambre, dans mon univers, regarde comment marchent les volets. Ici, le soir, même si le ciel est clair le jour est parti, il faut les fermer pour dormir dans le noir, il ne faut pas se fier à la lumière. N'aie pas peur de ces détonations, ce ne sont pas des bruits de guerre, on appelle ça des feux d'artifice, c'est le 14-Juillet, viens à la fenêtre, je vais te montrer. Pour changer de chaîne tu appuies ici. Donne-moi la main, il faut faire attention pour ne pas tomber dans l'escalator. Regarde ! Ça s'appelle une clarinette, écoute, je vais t'en jouer. C'est un CD, je vais te faire entendre la musique que j'aime. » Il la prend par la main pour lui faire visiter les lieux qu'il a toujours connus, sa ville, sa rue, sa maison. Elle lui fait entièrement confiance et cependant toujours il guette son assentiment avant d'agir. La mère l'a longuement préparé : tu seras son guide mais n'oublie jamais ta place ; tu es un enfant, tu dois l'écouter et lui obéir. Blanche les suit un pas derrière, silencieuse, interloquée par la fluidité de leur relation, comme s'ils s'étaient toujours connus. Une évidence. Elle est le lien entre eux deux mais très vite elle se retire de leur conversation, sur la pointe des pieds, pour mieux les entendre se nouer, ainsi que le fait un tuteur qui demeure planté humblement, inutile, à côté de l'arbrisseau qui prend son élan vers les cieux. Une paix tangible a commencé à s'installer sur cette famille autrefois délabrée, déjà, lors de son dernier voyage à Butare. Le temps de la reconstruction pourrait bien être arrivé. Grâce à Stokely, grâce à ce que Blanche en a fait, passant son existence au tamis pour ne lui transmettre que les choses apaisées, laissant à la thérapie ses pierres agglomérées, rugueuses, ce qui n'a pas encore été lissé ni accepté. Blanche a compris qu'il ne fallait pas tout amalgamer. Rompre le cercle de mauditions. Ne pas se dérober, expliquer quand des questions sont posées, au plus près de la vérité qu'un enfant puisse appréhender, éviter de se laisser envahir par la mélancolie. Et quand les mots manquaient, elle lui avait offert des trouées de poésie. *La Môme néant* avait été la première : « Quoi qu'a dit ? A dit rin. Quoi qu'a fait ? A fait rin. Quoi qu'a pense ? A pense à rin. Pourquoi qu'a dit rin ? Pourquoi qu'a fait rin ? Pourquoi qu'a pense à rin ? A'xiste pas. » Et toujours la musique entre eux comme une ficelle qui maintenait les étoiles bien attachées sur la toile du firmament, pour garder les sensibilités en résonance. Une lumière constante à laquelle ils pouvaient se fier : nous savons d'où nous venons, ce n'est pas une raison pour avancer à reculons. Nous sommes les noires et les blanches, l'ébène et l'ivoire, nous sommes la preuve heureuse que le rythme est une affaire de cœur libéré et non de couleur assignée.

La grand-mère est arrivée éreintée par cette longue traversée vers un pays autrefois fantasmé. Il avait fallu plus de trois ans pour enfin décrocher un visa. La rupture des relations diplomatiques entre les deux pays n'a pas aidé. Trop de rancœurs et de fiertés. La vérité sur les responsabilités de la France semblait incompatible avec son honneur. Là encore, silence et déni. Et au milieu des tensions politiques, quelques vies en suspens, un enfant qui attend impatiemment : quand est-ce que *Nyogokuru* va venir nous visiter ? On ne sait pas, mais nous allons continuer à espérer. Elle ne parle vraiment pas du tout du tout ? Non, pas du tout. Comment est-ce que je vais savoir ce qu'elle veut ou jouer avec elle, alors ? Elle est pleine de ressources, tu verras que vous vous en sortirez bien, et puis tu sais lire maintenant, elle pourra t'écrire. Ils ont acheté dans cette perspective un petit tableau Velleda. Il l'a posé sur le lit qu'elle allait occuper en face du sien.

Elle dort longtemps le jour de son arrivée, il trépigne devant la porte, impatient d'accaparer son attention. Leur premier jour : ce que tout le temps passé n'a pu contenir. Il finit par la réveiller en lui posant un baiser sonore sur le front. Blanche la trouve rajeunie, plus alerte que trois années auparavant, un sourire plein de reflets ne quitte pas son visage, elle suit des yeux chaque mouvement de Stokely. Ils vivent maintenant dans une maison avec jardin, elle indique à sa fille qu'elle veut s'asseoir dehors, malgré les fortes chaleurs d'un été bordelais. Elle regarde les fleurs que sa fille a plantées, elle écrit sur le tableau blanc avec la même ferveur que pour les premiers mots tracés sur l'ardoise à l'école d'Ikomoko : « Ta bougainvillée est plus généreuse que la mienne, comment fais-tu ? Est-ce que ce bananier donnera un régime comme chez nous ? Comment ça s'appelle ça ? C'est joli, tu crois que je pourrais en rapporter une bouture à la maison ? » S'émerveille devant le potager de Stokely qui lui pose mille questions : « Y a-t-il aussi des radis au Rwanda, *Nyogokuru* ? Vous les mangez avec du beurre ou à la croque-au-sel ? Et du raisin ? » Il prend un air important pour lui montrer les outils, les fruits, les chenilles. Saute d'une activité à l'autre, ne tient pas en place, sort tous ses jeux. Blanche le tempère au début : « Tu sais, elle va rester trois mois avec nous, tu auras tout ton temps pour les lui montrer. » Mais, dans sa tête d'enfant, trois mois ne peuvent suffire pour toutes les années à rattraper.

Ils vont lui montrer l'océan Atlantique, les plages sans fin, les vagues immenses sur lesquelles des jeunes gens glissent, en équilibre sur des planches, comme autant de virgules reliant entre elles les phrases de l'eau. Elle y trempe ses pieds, pagnes relevés, le regard ébahi, puis ouvre ses bras comme pour figer cet instant, l'envelopper et l'emporter avec elle dans son petit pays sans mer. Elle dit à Stokely : « *Yoo* que c'est beau », il la regarde interloqué. Un son rauque, profond mais fragile aussi, comme un bout de roche noire et friable, est sorti de sa gorge. La pierre qui pesait sur le couvercle de son chagrin s'est soulevée. Il pose la main sur sa bouche, rendu muet par la surprise, se retourne pour l'annoncer à ses parents qui marchent vers les dunes, elle le retient du bras, l'index posé sur les lèvres. Il sourit, comprend. Elle a décidé que désormais il n'y aurait que de jolis secrets. La résurrection des mots, c'est une révélation que son petit-fils peut porter, un miracle à portée d'enfance.

Quand Blanche reprend le travail, ils passent les journées à deux, à récolter les légumes du potager et les préparer. Il lui montre les livres de cuisine de sa mère, elle apprend les épices du bout du monde, ils expérimentent parfois avec succès, elle redécouvre le goût des lettres prononcées, les accents pétillent au bout de sa langue. Elle lui fait faire un petit cahier de vocabulaire kinyarwanda-français, il est fier de le montrer à ses parents à la fin de chaque journée. La transmission importée, histoires ramenées sur l'autre rive, le sel de la vie au temps des visas refusés, l'attente a permis de laisser décanter, trois mois pour combler toutes ces années, ses paroles sont comme un trésor déterré. Elle fouille dans sa mémoire pour lui, retrouve les contes du lièvre Bakame qu'elle racontait autrefois à Blanche et Bosco sur le petit banc de la *barza*, à Butare. Reviennent aussi les grenouilles pieuses et les chansons du long temps d'antan, oiseaux-nostalgie.

Quand il joue avec sa console, au plus chaud de l'après-midi, Immaculata s'assoit au salon, prend un livre au hasard dans la bibliothèque et le commence. Insomniaque depuis la catastrophe, elle le terminera quand toute la maisonnée sera endormie. Elle n'a jamais autant dévoré, tous ces mots, ils emplissent sa tête d'une douce ivresse. Parfois au lever du jour elle les murmure dans la pénombre de la chambre et le léger ronflement de Stokely les enveloppe de velours. Oiseaux d'aube, sonorités volées à la nuit. Au dîner, elle demande à sa fille et à son beau-fils de lui parler de tous ces écrivains afro-caribéens qu'elle a trouvés sur leurs étagères et dont elle vient de terminer les histoires. Samora est ravi, il lui fait de petites conférences sur Zora Neale Hurston, Chinua Achebe, Bessie Head, *Beloved*, Mariama Bâ, Nadine Gordimer ou *Gouverneurs de la rosée*.

Cela fait longtemps que Blanche a découvert le secret qui lie son fils et sa mère mais elle fait comme si de rien n'était. Les petites merveilles ne doivent pas être prématurément effeuillées. L'automne est doux, elle emmène Immaculata visiter Paris. Une virée entre filles, la complicité à retisser ou plutôt à inventer, car elle n'a jamais été esquissée. Devant Notre-Dame la mère oublie son mutisme et s'exclame : « Ce n'est pas étonnant qu'ils nous aient colonisés, regarde ce qu'ils construisaient déjà au Moyen Âge ! » Blanche l'embrasse pour sceller le partage du secret et lui fait remarquer en souriant :

« Si Samora t'entendait, il ne serait pas content. Rien ne justifiait qu'ils nous colonisent, Mama, et puis nous avions quand même construit des pyramides bien avant eux, non ?

— Oui, tu as raison, c'est bien que vous soyez capables de penser comme ça vous, moi je vis avec les idées du passé.

— Ton époque a été formidable, c'était celle du panafricanisme et des beaux projets post-indépendance.

— Bof, regarde ce qu'ils sont devenus, ces beaux projets, regarde ce que nous sommes devenus, je ne sais pas si nous avons bien fait de rêver, tu sais.

— Il ne faut jamais cesser de rêver. Nous sommes la génération qui écrit vos rêves, celle de Stokely va peut-être les réaliser, qui sait ?

— Pauvre enfant ! Quel héritage nous lui laisserons ? Ni château ni tableau de maître, rien que des histoires et des regrets.

— Mais nous lui transmettrons aussi une histoire que nous aurons pour la première fois écrite nous-mêmes, une histoire de changement et de fierté.

— N'allez pas en faire un révolutionnaire, hein, cet enfant a le sang fragile. N'est-ce pas assez de l'avoir affublé d'un nom de panthère noire ?

— Nous ne ferons pas trop de vagues, Mama, cesse de t'inquiéter. La panthère est un animal souple et silencieux quand il le faut.

— N'oubliez pas qui vous êtes, ni d'où vous venez. Avancez à pas feutrés. Sachez vous arrêter quand il le faut. Si vous bondissez, vous leur ferez peur et ils tireront sans sommation. Apprenez-lui aussi à être un peu caméléon. »

Au Louvre, elle est intimidée : « Il n'y a pas beaucoup de gens comme moi ici », puis passe un long moment devant le *Portrait d'une négresse* de Marie-Guillemine Benoist, une femme qui, Blanche doit l'admettre, ressemble terriblement à la jeune mère qu'elle a été autrefois : même nez fin, lèvres charnues, regard de celle qui s'est trop longtemps tue. Le turban qui enserre la tête de l'esclave rappelle les cheveux laineux désormais complètement blancs d'Immaculata.

Elles terminent la visite de la cité par le musée des Arts d'Afrique et d'Océanie de la porte Dorée.

« Mais pourquoi tous ces objets ne sont pas datés, ma fille, ils pensent que nous n'avons pas la moindre notion du temps ?

— Mama, tout ça date des colonies, laisse tomber.

— *Tchiiip*, et maintenant qu'elles ont disparu, les colonies, pourquoi ils ne nous les renvoient pas, hein ?

— Reprendre c'est voler.

— On n'avait rien donné.

— Arrête, de toute façon nous n'avons pas été colonisés par la France, il n'y a rien qui appartienne à tes ancêtres ici. La prochaine fois que tu viendras je t'emmènerai au musée de Tervuren, à Bruxelles.

— Ma grand-mère parlait toujours d'une pipe qu'on lui avait volée, j'irai la leur réclamer, tiens. Et d'abord pourquoi tu dis "tes ancêtres", ce sont les tiens aussi ! »

Elles rient, les rares autres visiteurs les regardent avec incompréhension, sans doute s'attendraient-ils de leur part à un peu plus de gravité, voire de tristesse, devant *leur passé spolié*. Blanche savoure le moment, le temps retrouvé, prudente cependant, car il est encore trop fragile pour faire oublier les fêlures, les marécages de non-dits. Elle pense à ces mots entendus il y a longtemps au théâtre : « Il faut continuer, je ne peux pas continuer, il faut continuer, je vais donc continuer, il faut dire des mots, tant qu'il y en a... »

Depuis son arrivée, Samora n'a eu de cesse de demander à sa belle-mère de lui raconter, de consigner tout ce qu'elle a vécu durant le génocide. Il lui a acheté un joli cahier, un stylo noir à la mine fine, et lui a expliqué succinctement son projet de livre : « Tu me donnes tous les éléments factuels, et moi je me chargerai de l'écrire en français littéraire et de le faire publier sous nos deux noms. »

Blanche n'aime pas cette idée : « Laisse-la tranquille, c'est son histoire, son intimité. Et toi tu voudrais capturer son âme, en faire un produit, te parer de sa souffrance pour briller en société ? »

Samora en est blessé : « Tu ne comprends donc pas combien les témoignages sont importants pour que le monde sache ce que les gens comme elle ont vécu ? Dire est indispensable pour lutter contre tous les révisionnistes qui pullulent en France, je ne fais pas ça pour ma gloire, mais pour l'Histoire. »

Blanche pense ne pas trahir le ressenti de sa mère quand elle lui explique : « Tu t'imagines qu'elle pourrait te raconter uniquement les cent jours du génocide sans parler d'avant ? Des vieilles blessures, de sa déchéance ? Sans parler de l'après, du suicide de son fils, du silence qu'elle m'a imposé, des années perdues, de l'amertume ? La vie n'est pas faite de tranches bien nettes qu'on peut peindre séparément, la sienne est une longue étoffe déchirée par endroits, précieuse, et dont le récit pourrait être savoureux, mais déjà si effilochée. Je ne crois pas que tu aies les mains assez délicates pour qu'elle te la confie. Laisse ceux qui sont assez solides écrire leurs histoires, dont je sais mieux que toi combien elles sont nécessaires à l'humanité. Si tu veux écrire quelque chose d'exotique, pourquoi ne recueilles-tu pas le récit de ta mère ? Elle devait être une sacrée femme pour élever seule un enfant métis dans le Médoc profond, au milieu des années 70. » Les relations entre le fils et sa mère sont toujours tendues, Blanche sait que son argument ne peut que le blesser. Samora se tait mais ne capitule pas, laissant le cahier bien en vue sur la table basse.

Les semaines passent, Immaculata pose sur le cahier vierge des livres qu'elle lit, puis un jour, avant de les remettre à leur place, elle décide d'y recopier des extraits. Quand les trois mois de son séjour arrivent à leur terme, le cahier offert par Samora est rempli d'un florilège de phrases cueillies aux quatre coins des littératures noires. Elle le montre à son beau-fils en disant : « Pourquoi écrire mon histoire tourmentée alors que j'en retrouve l'essence ciselée chez tous ces écrivains qui t'ont précédé ? Leur lecture a été pour moi une belle consolation, et j'espère que tu ne m'en veux pas si je ne te livre rien de moi avant de rentrer à la maison. C'est mieux comme ça. »

Octobre est bien avancé et les premiers jours froids la font frissonner, elle a la nostalgie du pays. Le temps des au revoir est arrivé.

Elle emporte une valise pleine de livres, de graines et d'épices, promet à Stokely de lui écrire souvent. Il pleure un peu, elle le console sans ménagement : « *Mwana wange*, mon enfant, on ne regrette bien que ceux qu'on a connus, je reviendrai te visiter souvent. Grâce à Dieu et à ta mère, on est ensemble dorénavant. »

Stokely

2 décembre 2013

Ma chère *Nyogokuru*,

Merci pour ton courrier de février. Tu sais, je crois que tu es la dernière personne au monde à envoyer des vraies lettres écrites à la main, des lettres-escargots. Ça me plaît beaucoup. Je les attends avec impatience chaque fois (je ne dis pas cela pour que tu penses que tu ne m'écris pas assez souvent) et c'est la première chose que je regarde quand j'arrive chez Maman, en rentrant le vendredi soir.

Je m'habitue à l'internat, j'ai plus de copains et copines qu'en début d'année. Je suis en seconde, c'est comme la 4ᵉ secondaire pour toi. Tu vois, je sais beaucoup de choses sur l'époque où tu avais mon âge au Rwanda. Avec Internet je peux passer des heures à lire sur votre histoire. Les week-ends où je suis chez Maman, je lui pose des questions, elle trouve ça amusant. Elle s'en veut de ne pas m'avoir appris le kinyarwanda, moi je t'avoue que ça ne me manque pas plus que ça. C'est dommage que je ne puisse pas venir te voir à Butare.

L'album photo que tu m'as envoyé est top. Je sais que tu ne l'as pas fait exprès, mais la pellicule a fait une surimpression sur le négatif, ça a produit des trucs dingues. Sur chaque photo il y a un lieu derrière le lieu, ta maison flotte sur les eaux du lac, des oiseaux aux ailes déployées sont sur ta bibliothèque en eucalyptus, les boîtes de sardines rouges tiennent en équilibre sur la plus haute branche du kapokier au milieu des capsules de ouate, ça fait comme des décorations de Noël sur un sapin enneigé. On dirait que tout est sur le point de s'évaporer ou d'être enseveli par une brume de fantôme. Oui, *Nyogokuru*, ton album est habité de fantômes, et c'est ça qui me plaît. Je voulais que tu me racontes ton univers avec des photos, seulement les lieux, les objets et les animaux, et on dirait que tous ceux qui sont partis, les morts que tu gardes en toi, sont venus me saluer. J'ai agrandi les photos et je les ai punaisées sur les murs de ma chambre. Quand je suis dans mon lit, je rentre dans un des décors et j'invente une aventure dont toi ou Maman êtes les héroïnes. Je vous imagine d'autres vies, des histoires qui finissent toujours bien. *Sinjye wahera hahera umugani !* J'ai demandé à Maman ce que signifiait cette formule avec laquelle tu finissais toujours les histoires que tu me racontais quand j'étais petit. « Que ça ne soit pas ma fin mais celle du conte ! » C'est trop beau. Les conteurs ne meurent jamais vraiment, c'est ça ? Plus tard, je crois que je voudrais faire ça, tu sais, raconter des histoires, pour tuer le temps qui assassine les gens qu'on aime, pour tracer des virgules entre hier et demain. Maman m'a aussi expliqué qu'en kinyarwanda c'est le même mot pour dire hier et demain, *ejo*. C'est fort. En cours d'histoire, j'ai fabriqué une petite sculpture avec un long fil de fer que j'avais ramassé dans la cour : j'ai construit dix « ejo » attachés les uns aux autres « ejoejoejoejoejo », et puis avec cette phrase de métal j'ai fait une boule de la taille d'un poing. Comme un globe terrestre. J'y mettrai une tige de fer et je l'offrirai à maman pour qu'elle la pique dans la terre de l'hibiscus (que je lui ai acheté pour son anniversaire et qui est toujours en fleur).

Ejo, hier et demain, c'est ton temps et mon temps réunis dans le même mot. Tu vois, on est toujours ensemble.

Je dois aller à la cantine, *Nyogokuru*. Je posterai cette lettre demain. Il va neiger cette nuit, peut-être que j'arriverai à glisser un flocon dans l'enveloppe.

Je t'embrasse immensément. *Ndagukunda*.

S.

20 avril 2014

Nyogokuru chérie,

Comment ça va à Butare ? Je sais que tu redoutes la grande saison des pluies, le froid qui te fait tellement tousser. Et puis, je sais aussi, oui, avril est là de nouveau...

Ici le printemps est arrivé tout doucement.

Maman part demain pour sa deuxième mission avec Médecins sans frontières au Mozambique. Elle va être absente trois mois. Pendant les week-ends j'irai chez Papa. Nos relations sont meilleures, je ne sais pas si je te l'ai dit dans ma lettre précédente. La discussion que nous avons eue m'a un peu aidé à accepter certaines choses. C'est leur vie et je n'ai pas à prendre parti. Et ils ont tout fait pour ne pas se déchirer devant moi. Au début je leur en voulais de m'avoir envoyé à l'internat, mais j'ai compris que ça m'avait protégé des odeurs de rancœur qui flottaient dans toutes les pièces de la maison. Quand je parle à mes copains et copines dont les parents ont aussi divorcé, ils me racontent des choses trop moches. Nous, nous sommes restés debout. Pendant longtemps j'ai cru qu'à cause de votre histoire – son père, le génocide, la mort de Bosco et tout ça – Maman était la plus fragile de la famille, celle que Papa protégeait d'elle-même, de ses « démons rwandais ». Je sais maintenant que s'il y en a une qui a fait ce qu'il fallait faire pour se reconstruire, c'est bien elle. Elle n'est pas insubmersible, mais elle tiendra le cap. Papa, lui, s'est toujours réfugié derrière son identité choisie, mais c'est comme un costume de papier que la première pluie peut emporter. Il a abandonné la recherche de son père, n'a pas arrêté de se fâcher avec sa mère. Et quand elle est morte, on aurait dit qu'une digue en lui avait lâché et inondé le village de son enfance. C'est pas facile pour moi de voir mon père perdu, incapable de s'accrocher à des racines profondément enfoncées quelque part. Je lui en ai voulu. Papa manque d'un quelque part qui lui permettrait de dire « nous ». Il porte sa peau comme un étendard, la dégaine pour un oui pour un non. Mais si on en soulevait un coin, je crois qu'on ne trouverait dessous ni chair ni os mais un vide blanc, effrayant. Aujourd'hui, je vois qu'il surfe sur la vague des politiques qui veulent afficher un homme de couleur sur leur photo de campagne, il s'est fait le porte-parole de la mémoire de l'esclavage dans une ville qui a si longtemps caché son passé négrier, parfois il se sert même de ton histoire – « la grand-mère de mon fils est survivante du génocide » – pour augmenter son poids de souffrance. Je le trouve petit. Papa a un vrai problème de légitimité.

Pourtant, c'est important de se battre. Le racisme est toujours là, même pour moi, chaque jour, ce sont des choses à peine perceptibles. La semaine dernière, à la cantine, quand j'ai refusé l'avocat qu'on me tendait parce qu'il était trop noir, la cantinière a dit : « T'as qu'à retourner chez toi voir s'ils ne sont pas tous noirs là-bas ! » Et je n'ai rien répondu. Hier, les filles de ma classe ont passé la récré à mettre leurs mains dans mon afro en disant : « C'est doux, c'est comme de la laine de mouton, ou de l'angora ! » Il y a un autre métis dans le lycée, il s'appelle Ruben. On nous confond toujours. Il est petit, le nez épaté et les cheveux longs et lisses comme un Indien, c'est le contraire de moi, mais la peau, la peau, c'est tout ce que les autres voient. Ça ne me met pas en colère, et si je n'avais pas eu les parents que j'ai eus j'aurais trouvé ça normal, mais maintenant je remarque tout et chaque fois c'est comme une écharde en dedans, une microcoupure invisible aux yeux du monde. Comme ce que fait ma maladie quand on a une hémorragie interne, quand on ne prend pas ses coagulants.

Je sais qu'il y a vingt ans pour Papa c'était encore plus compliqué, j'imagine ce qu'il a traversé, ce qui peut expliquer sa colère. Est-ce que pour Maman c'était pareil à Butare ? Elle dit souvent, quand je répète les slogans antiracistes de Papa : « Je ne peux rien dire moi, quand tu vois ce qui s'est passé chez moi, alors que les Hutu et les Tutsi avaient la même couleur, la même langue et la même religion... Quelle leçon je pourrais donner aux Blancs ? » Après on part dans un de ces longs débats sur l'histoire du Rwanda, du genre : Moi : « Ce sont les colons blancs qui ont plaqué leurs théories racistes du XIXe siècle sur la société traditionnelle rwandaise, transformant en ethnies des catégories sociales plus fines et mouvantes, des théories qu'ils se sont contentés de reproduire sans essayer de penser, sans se donner la peine de comprendre, parce que après tout vous n'étiez que des pauvres nègres. »

Maman : « Mais pourquoi y avons-nous adhéré ? Ce ne sont pas des mains blanches qui tenaient les machettes, à ce que je sais ! Et pourquoi une telle cruauté ? Les autorités avaient dit "Il faut éradiquer", ils auraient pu se contenter de trancher proprement les têtes d'un seul coup, comme les bourreaux du Moyen Âge, pourquoi cette sophistication, cette inventivité de l'horreur, les massues plantées de clous, les tessons de verre enfoncés dans les vagins, hein ? »

Moi : « Mais tu crois vraiment qu'ils auraient tué un million de personnes en trois mois s'ils n'avaient pas été soutenus par le président et le gouvernement français, si les Nations unies n'avaient pas retiré leurs casques bleus dès le début des massacres ? »

Je me souviens que tu avais dit à Maman un jour : « C'est encore un enfant, laisse-le tranquille avec ces histoires. » Ces histoires, c'est moi qui suis allé les chercher, *Nyogokuru*, à lire les livres de ma mère quand elle travaillait, à regarder en cachette sur YouTube des documentaires qu'elle aurait sans doute trouvés trop violents. Que tu le veuilles ou non, cette histoire est aussi la mienne. Je lui fais une place dans ma vie, sans me l'approprier comme avait voulu le faire papa. J'ai décidé de m'y plonger, les yeux grands ouverts.

Aujourd'hui, un vieux monsieur juif est venu témoigner au lycée. On nous a réunis à la cantine pour l'écouter. Il avait été un enfant caché durant la Shoah. Il nous a raconté comment ses parents l'avaient envoyé dans le sud de la France puis en Suisse, les étoiles jaunes qu'ils avaient dû broder sur leurs vêtements, la peur et la faim. Son père et sa mère ont été déportés, ils ne sont jamais revenus des camps de concentration, il a été élevé par sa grand-mère qui avait survécu. C'était très émouvant. J'étais honteux et énervé de voir que les autres élèves ne l'écoutaient que distraitement. Moi j'étais bouleversé, même si j'ai déjà vu beaucoup de films sur le génocide des juifs. À la fin de son intervention, je suis allé lui parler. Je lui ai dit que ma grand-mère était la survivante d'un autre génocide et qu'on était aujourd'hui le 20 avril, une triste date d'anniversaire, que c'était il y a vingt ans exactement que les massacres avaient commencé dans sa ville, Butare. Je ne sais pas si c'est parce qu'il était fatigué, ou que son appareil auditif ne fonctionnait pas bien, il n'avait pas l'air de m'entendre, ou de m'écouter. Il a juste répondu : « Ah oui le Rûanda, les Hutu et les Tutsi, ça a été terrible oui, c'est dur hein l'Afrique, encore aujourd'hui, il n'y a qu'à voir tous ces gens qui fuient vers l'Europe. » Et puis il est parti. J'étais super déçu, je n'ai même pas demandé à prendre une photo avec lui alors que je voulais le faire pour te l'envoyer avec ce livre que je viens de terminer, que Maman m'a donné. C'est Imre Kertész, il avait presque mon âge au moment de la Shoah, et son ton sarcastique me fait penser à toi. Tu m'écriras pour me dire ce que tu en as pensé ?

Je t'embrasse par-delà la mer et les collines, ma *Nyogokuru*. J'espère que les jours te traitent bien et que tu as retrouvé un peu de souffle. Je pense immensément à toi en ce 20 avril.

Stkl

5 juillet 2016

Ma chère *Nyogokuru*,

Je confie cette lettre à Maman qui vient te voir demain. Ça fait si longtemps qu'elle n'a pas mis les pieds à Butare, je crois qu'elle est un peu angoissée. Tu lui parleras, dis ? Elle a besoin que tu la réconfortes, elle a rompu avec son amoureux. Tu pourras peut-être la convaincre de lui donner une deuxième chance. C'est compliqué parce qu'ils vivent loin l'un de l'autre, lui à Lisbonne et elle ici, un week-end par mois, ce n'est pas assez.

Enfin, je me mêle de ce qui ne me regarde pas, tu verras si tu veux lui en parler ou pas. C'est drôle quand même que ce soit un vrai Mozambicain qui ait remplacé Papa dans son cœur, lui qui avait choisi comme pseudonyme le nom du grand libérateur de ce pays dans lequel il n'est pourtant jamais allé. Il fait régulièrement comme elle des missions avec MSF. C'est lui qui m'a offert ce livre que je t'envoie. Peut-être vas-tu trouver la langue d'António Lobo Antunes un peu crue (rien que le titre, *Le Cul de Judas*, waouh ! C'est osé hein !),

mais j'ai été emporté par sa poésie désespérée. C'est un regard honnête de colon sur
les guerres d'indépendance.

Ces derniers mois, j'ai accompagné Maman
à plusieurs rencontres ou commémorations
organisées par la communauté. Je ne sais pas
si elle te l'a dit, mais depuis quelque temps elle
est pas mal impliquée au sein des associations,
pour la commémoration mais aussi d'autres
choses parfois à Paris. Je me suis rendu
compte que ça commençait à me manquer de
ne parler que quelques mots de kinyarwanda.
J'ai acheté une méthode ancienne sur Internet,
je vais m'y mettre cet été.

Maintenant que le bac est fini, je vais avoir
du temps. J'attends les résultats mais ne t'inquiète pas, ça ne s'est pas trop mal passé.

Je suis très heureux aussi de t'envoyer
mon premier texte publié. C'est ma nouvelle
« Le pays coupé » qui a remporté le prix du
concours des lycéens le mois dernier. Voilà,
j'ai l'impression que c'est là, à portée de main,
désormais : raconter des histoires, tracer des
virgules entre l'arrière-monde et l'ici-bas.

Sinjye wahera hahera umugani !

Stokely

PS1 : À la remise du prix, j'ai beaucoup ri.
Le président du jury, un vieux linguiste apparemment très connu qui m'avait demandé
avant de monter sur scène d'où j'étais

originaire (il n'a évidemment pas posé la même question aux deux autres lauréates, qui étaient blanches), n'a pas arrêté de dire que mon conte entre France et Zaïre l'avait beaucoup touché. Il confondait les deux pays, mais en plus il utilisait l'ancien nom de la RDC qui n'est plus utilisé depuis bientôt vingt ans !

Je t'embrasse fort, ma *Nyogokuru*.

PS2 : La nouvelle est un mélange de fiction et de réalité, tu verras, même si je me suis inspiré un peu de nos vies, il y a des différences et j'espère que tu comprendras et ne te fâcheras pas que la grand-mère de l'histoire ait été tuée en 1994... Heureusement que toi tu nous es restée en vie.

Kanuma, ta petite colombe conteuse.

Le pays coupé

C'est l'histoire d'un couple qui se noie. Autrefois, aux premiers jours, avant qu'ils ne prennent l'eau de toutes parts, ils avaient eu des conversations de tendresse, des projets crissant d'excitation comme les criquets en plein cœur d'une journée ensoleillée. Ils s'étaient rencontrés un jour de pluie, frère et sœur d'armes du combat héroïque du moment contre la discrimination, l'injustice ou le désastre climatique.

Ils s'étaient reconnus du bon côté de la conscience.

Ils avançaient à l'unisson, droits et fiers, on eût dit une marche militaire.

L'amour, quand c'est encore frais, c'est entraînant, plein de slogans.

Après le défilé, les fiançailles, la dot, les discours des uns, la pièce montée, les discours des autres, les anneaux d'épousailles, le feu d'artifice, viennent les dimanches du temps ordinaire. Un enfant s'annonce, les projets se concrétisent. Jusqu'alors ils étaient allés d'île en île, qu'importe pourvu qu'on soit ensemble chaque nuit, sous la mer, là où les îles s'embrasent en secret. Mais quand on devient grand, on rentre sur le continent. Le mien, le tien ?

Elle lui disait « C'est toi mon pays ». Comme déjà la sagesse modérait leurs ardeurs, ils choisirent la sécurité. Son pays à lui donc. Vieux, solide, rassurant. C'était au nord, les cerisiers étaient en fleur.

Au mitan de l'hiver naquit un fils. Il aurait pu y avoir aussi un chien ou un chat pour jouer, ça se voyait souvent dans cette contrée-là. Mais quand l'idée lui vint à lui qui avait grandi ici, ou peut-être à l'enfant, elle avait déjà commencé à s'exiler loin d'eux, en pensée, et avait répondu : « Ce genre de familiarité avec les bêtes, ça ne se fait pas chez nous. »

« Chez vous ? Et moi, je suis d'où ? » avait demandé le fils, pourtant son portrait tout craché. Un ange sans ailes était passé. La mère avait hésité. Déjà ? Hier encore son garçon n'était qu'un projet sur fond de flonflons du mois de juillet et voilà qu'il posait des questions piquantes, semait des cailloux blessants dans ses souliers pourtant bien vernis. Des ailes sont passées, pressées de retrouver leur maîtresse. Le silence du père attendant une réponse, une indication, comme un laissez-penser.

« Tu es de moi et par conséquent au-delà un peu de là-bas aussi mais aujourd'hui tu es surtout ici, ce qui explique pourquoi tu as des élans étranges comme de laisser un animal prendre une place dans ta vie, sur ton lit. »

Le père l'observait en souriant. Cela faisait longtemps qu'il espérait ce moment, quand leur enfant allait enfin casser l'armure dans laquelle elle s'était doucement enfoncée depuis qu'ils s'étaient mis en ménage en terre du milieu, sur la côte d'opulence. Quand il avait commencé à poser des questions sur son avant. On ne demande pas à une amante de nous raconter ses égarements, mais lorsqu'elle était devenue la mère de son enfant il avait réalisé qu'elle ne lui avait rien dit de ses premières années.

Il l'avait interrogée inlassablement, jusqu'à ce qu'il comprenne qu'elle ne lui avait montré qu'une carte postale aux couleurs déteintes, une photo de famille cornée, une fleur de jacaranda brodée sur le mouchoir que toujours elle gardait au fond de son sac. Le jour, elle le rassurait, tout allait bien, elle n'était que sérénité, mais la nuit, désormais hachurée par les pleurs du petit, il surprit dans le creux de ses nouvelles insomnies des terreurs qui ne trompaient pas, des larmes de folie. La fatigue accumulée révéla l'envers du décor. Alors, comme il l'aimait encore, il pensa qu'il parviendrait à trouver et lui arracher ce qui hantait ses cauchemars répétés, comme on enlève une dent gâtée d'une bouche douloureusement fermée.

Parle-lui au moins ta langue, tu ne lui chantes aucune chanson, je ne t'entends jamais prononcer ces consonnes qui te lient à ton enfance échappée. L'incompréhension, comment te dire, ce n'est pas que je les ai oubliées, les berceuses, mais tu sais on dit que le cou est le couvercle du chagrin, elles sont toutes coincées là, pour les sortir je crois qu'il faudrait le couper.

Ne dis pas ça.

Il reste toujours quelque chose même quand tout a été détruit. C'est le silence qui dévaste les restants, qui emmure le vide que tu t'empêches de lui raconter. Le silence tue les souvenirs.

Je ne peux rien lui chanter, tout s'est écharpé en dedans, je crois que je suis parvenue à me fermer pour ne rien laisser transpercer, car ce que je contiens risque de vous blesser.

Je me souviens d'un proverbe qui disait qu'on peut échapper à ce qui nous court derrière mais non à ce qui nous court en dedans.

Alors apprends-lui à écouter.

Elle refusait tous les livres qu'il achetait, qu'il avait décortiqués à la recherche d'indices pour comprendre ses cicatrices invisibles, celles qu'elle avait camouflées. Il a cherché des disques, sorti les vieilles cassettes qu'elle avait ensevelies et a forcé son fils, une fois par semaine, à regarder sa mère les lèvres muettes gesticulant au rythme de mélodies aux paroles brisées. Le petit s'enhardissait : « De quoi ça parle, ça, maman ? » Parfois elle esquissait un pas de danse, une histoire de calebasse cassée, d'Intore à crinière de sisal, et au fil des années, elle a consenti à lui partager ses débris, vieilles mélodies, larmes coulant à l'intérieur, tout ce qu'une jeune fille avait autrefois emporté sous le bras en courant, haletant, loin des haines et des siens nettoyés. Elle lui a concédé la musique, la danse, mais pas le parler. Il lui disait : « S'il te plaît, donne-lui cette clé d'entrée, comment pourra-t-il jamais s'introduire sans frapper chez toi pour que ça devienne chez lui ? » Les mots, même étrangers, même rafistolés, brinquebalés, peuvent recréer, évoquer ce qui a été. Mais quand les langues ont été sectionnées par les dents censées les contenir, quand les pères et les mères se sont détournés du fruit de leurs entrailles, le silence fossoyeur l'emporte. Elle se renfermait parfois, les laissant sur le seuil de son histoire, surtout au printemps quand les arbres fleurissants l'empêchaient de respirer. Elle disait ce ne sont pas des histoires pour enfants, ce ne sont pas des récits pour les vivants, je veux que mon fils soit de ce côté-ci de l'existant, je ne veux pas que les fleurs le fassent éternuer, il sera plus fort sans réaction, marchera plus droit sans talon fragile.

C'est l'histoire d'une famille qui se noie.

Puis un jour une inconnue venue de là-bas lui a ramené une photo et tout s'est effondré, simplement. L'image d'une femme aux longs cheveux crépus dressés haut, apparemment intimidée, les bras croisés, la main cachant un sourire, des yeux amusés. Dans le fond du décor derrière elle on devinait un jacaranda en noir et blanc. Elle leur a raconté cet arbre magique qui faisait tomber une pluie mauve sur ses pieds d'enfant. Elle a dressé un petit autel au centre du salon, au cœur de la maison, sur l'île qui tanguait. Elle les a réunis comme pour une leçon, a murmuré : « Pardon, désormais j'ai un fil à tirer. » A prononcé un nom qui sonnait joli : « Immaculata. C'est de là que nous venons, elle était mon continent, mon pays, ma raison. Désormais je vais vous parler. » Le silence s'est fissuré, laissant apparaître un nouvel horizon, encore incertain, qu'une vaguelette aurait pu effacer, ils étaient désamarrés, prêts à y aller, mais conscients qu'un rien pouvait les faire chavirer.

Alors, un matin à l'aube, ils s'envolent, la femme au jacaranda enveloppé dans un mouchoir au creux du portefeuille de la mère, juste à côté de son cœur qui bat à tout rompre. Et les heures passées à écouter ensemble les mélodies rescapées portent ces battements dans leur sang mêlé, les mains dans les mains, une île détachée flotte puis atterrit à l'unisson. L'enfant regarde une femme qui réapprend à marcher à manger à danser à parler. Elle avait perdu le liant de la langue, elle dit : « J'ai perdu les mots, les nuances », elle écorche trébuche recommence, s'excuse, s'enfonce dans des explications auprès d'inconnus, je suis partie depuis longtemps, pourquoi n'es-tu pas rentrée avant, systématiquement le reproche en biais vite balayé par son enthousiasme, maintenant je suis là et je reviendrai si souvent que je cesserai de trébucher comme une étrangère dans notre parler. Les sonorités connues sont tapies derrière chaque reflet que lui renvoie la lumière, les objets, la poussière, les regards de semblables qui lui disent tu es nous, et ravie elle prend son fils et le pousse devant elle, le montre en disant : « Il est de moi et par ricochet des vôtres aussi. » Les regards de ses frères et sœurs retrouvés ne disent pas non frontalement mais s'enfuient profondément à la recherche des frontières de l'onde sur l'eau, là où l'effet du ricochet s'achève sur leurs peaux délavées. Ce sont les instants où l'île se reforme et le troupeau se souvient du risque de couler à pic car tout est encore si fragile, et la mère comprend qu'ici aussi son enfant zébré aura à justifier, à prouver, à se faire pardonner d'être toujours différent.

Alors, pour le consoler de cet exil dont elle le prévient qu'il sera sans cesse recommencé, elle lui offre des trésors pour le palais, cela, elle n'en a rien perdu, les goûts premiers, le sucre, le piquant. C'est une saison de fruits juteux, parfumés, elle lui apprend comment cueillir éplucher assaisonner. Sur les marchés elle court d'étal en étal, enchantée de retrouver, de lui léguer la connaissance du ventre, les odeurs alléchantes. Elle lui apprend les doigts qui malaxent, le manioc, pâte pour modeler et recueillir la sauce arachide aux petits poissons du lac, les aubergines vertes, amertume balayée par le feu du piment oiseau, le fondant de la patate si douce, les bananes grillées, la chèvre braisée, la meilleure brochette c'est au virage, juste avant la descente vers la capitale, la reine des avocats c'est chez les sœurs du Sud avant la grande embuscade de bambouseraie. Elle lui dit de goûter ça, il n'y a rien de mieux au monde, et il la croit. Les maracujas à peine mûrs cueillis à même les haies pour les baisers volés, les mandarines vertes au parfum de vétiver contre l'érosion des cœurs, elle lui apprend à briser la gémellité des petites bananes derrière le dos pour conjurer le sort qui rendrait sa progéniture gourmande. C'est mal, d'être gourmand, maman ? Oui, mais on aime aussi les enfants potelés ici, alors tiens, bois du lait caillé, bois, bois et ensuite nous irons saluer les vaches, les troupeaux, l'herbe repousse sur la terre brûlée et là où elle croyait avoir été coupée pousse une branche cautérisée, vigoureuse, aux milles ramifications, une sentimenthèque oubliée-retrouvée, que le silence avait failli faire sombrer.

Et quand la mère parfois flanche devant une entaille encore fraîche sur un chemin envahi de broussailles, là où autrefois elle avait été une fratrie des projets des rires emmêlés, quand elle dit « L'amitié était un sentier que nous entretenions avec les pieds, il n'y a plus personne ici pour arracher les herbes folles, les dernières empreintes ont été emportées par un vent mauvais il y a dix lunes », le fils trouve les gestes pour la porter, la consoler, l'empêcher de s'effondrer.

Vient le temps du retour, à moins que ça ne soit un nouveau départ. Les vacances sont finies.

Et le père ? Il a porté les sacs, les souvenirs du marché, a pris les photos, enregistré la magie des puzzles reconstitués sous leurs yeux, dans leurs veines. Il a enregistré mille jacarandas en fleur sur sa pellicule déroulée. Il a la satisfaction d'une couturière qui achève son ouvrage avant le lever du jour et s'endort en pensant « Mes enfants seront bien couverts pour passer l'hiver ». Il a froid, frissonne déjà en prévision du vide qu'elle va bientôt lui laisser, il l'a vu dans ses yeux, sur le tarmac : elle promettait au soleil découplé « Je reviendrai, quand reviendra la saison des jacarandas, je ramènerai ma vie de là-bas à ici ». Le père sait qu'il ne la suivra pas, parce qu'il a fini de repriser, s'est détaché doux-amer de son métier à retisser. Il a vu l'Afrique rêvée et a compris qu'il était irrémédiablement étranger, malgré ses ancêtres, malgré sa négritude psalmodiée. Ici, il n'aurait rien à revendiquer. Nulle amertume pourtant, il a l'assurance que son fils métissé a, lui, trouvé les clés, et saura entretenir les sentiers restaurés avec ses pieds voyageurs.

C'est l'histoire d'un couple qui a fait une longue traversée.

L'amour quand c'est fatigué il ne faut pas insister.

Pour eux finalement l'histoire s'est bien terminée, ils ont évité de couler et ont appris qu'au pays coupé les îles peuvent devenir des collines qui se rejoignent dans la vallée, derrière une librairie.

Les jacarandas

Immaculata meurt un matin de novembre, quelques mois après la dernière visite de sa fille à Butare.

Que se sont dit la mère et sa fille au dernier moment ? Cela importe peu. Elles s'étaient longuement entretenues, le ton de leurs voix était doux comme du lait bien caillé, leurs regards sans crépitements ni flétrissures. Le temps d'antan avait été déminé, chacune savait combien l'autre avait essayé, à sa façon fait de son mieux sans s'imposer la perfection.

En guise de legs, Immaculata a écrit un poème énigmatique à Stokely dans lequel elle l'invite à suivre le chemin de feutre noir qu'elle a tracé sur les pages blanches de sa bibliothèque. « *Tous ces livres disent mieux que je ne saurai jamais le faire l'odeur douce-amère de l'éternité, mon petit conteur à virgules. Et si un jour tu te sens seul parce que nous serons tous partis, tu pourras y retrouver une certaine parenté préservée. Entre les mots et les morts, il n'y a qu'un air, il suffit de le cueillir avec ta bouche et de veiller à composer chaque jour un bouquet de souvenance.* »

Blanche est en fin de mission au Zimbabwe quand on l'appelle pour le lui annoncer. Le temps de trouver un vol via Johannesburg, quatre jours sont passés. À l'aéroport, elle croit chavirer en voyant son fils aux côtés de sa tante Maria, qui l'attend.

« Je ne pouvais pas ne pas être là, Maman, ne m'en veux pas. N'aie pas peur, j'ai pris une assurance rapatriement en or en cas de pépin, et j'ai tous les remèdes nécessaires. Je suis ici pour saluer une vie et non pour gâcher la mienne. Désormais je déciderai seul quels dangers je peux habiter, mon sang gâté ne m'empêchera pas d'être là où mon cœur m'appelle. »

On fait reposer Immaculata aux côtés de Bosco, sous la grande bougainvillée fuchsia qu'elle a plantée. Les tombes seront protégées du soleil par son feuillage fourni et de la monotonie par ses pétales colorés.

Stokely a apporté sa clarinette et joue pour elle une mélodie lancinante comme un kaddish.

C'est en rentrant du cimetière que Blanche réalise que les deux jacarandas qui encadraient leur maison, d'aussi longtemps qu'elle se souvienne, ont été coupés. Et elle qui a fait preuve depuis son arrivée d'un sang-froid sans pareil, consolant et organisant sans jamais défaillir, s'effondre soudain. Ces arbres symbolisaient quelque chose de fondamental, ce qu'ils avaient été autrefois à trois, Immaculata Bosco et elle. Ce sont les témoins impavides, les complices muets de toutes ces années, avant et après que la famille tombe en lambeaux, du lent reprisage qu'elle avait entrepris venant ici de temps en temps, avec précaution et entêtement.

Pourquoi ne sont-ils plus là ?

Maria lui dit qu'ils ont attrapé une maladie, se sont desséchés très vite, qu'il n'y a rien eu à faire, qu'ils ont rendu l'âme peu de temps avant sa mère. Blanche reste longtemps prostrée, assise sur la souche d'un des arbres morts, le dos à la maison, le regard perdu dans les vitres réfléchissantes de la nouvelle façade sans cachet de l'hôtel Ibis, en face. Peut-être est-ce à cet instant-là, submergée par une mélancolie qui remonte dans sa gorge comme un tressaillement incontrôlable, comme une vieille écharde d'enfance que l'on retire doucement d'une main ridée, qu'elle prend sa décision.

Il faudra quelques voyages, de longues conversations pour convaincre son amoureux de venir passer les mois d'hiver à ses côtés, depuis décembre jusqu'à ce que les jacarandas de Lisbonne soient en fleur, la négociation d'une rupture conventionnelle à l'hôpital et surtout la nouvelle qu'elle est la seule héritière des biens de son père, une fois sa seconde épouse décédée, pour que son projet puisse enfin se réaliser.

Au terme d'un long temps, dans la grand-rue de Butare, là où autrefois Immaculata et Maria servaient des ragoûts de plantains et des brochettes de chèvre pimentées, Blanche a ouvert une bibliothèque. Vingt-cinq ans après la fermeture de la librairie de Butare où sa mère avait survécu cachée dans une cave insoupçonnée, c'est un pari insensé. Sur les rayonnages modestes, les livres qu'Immaculata aimait, en français ou en anglais, et qui, elle l'espère, seront de son vivant traduits aussi dans la langue d'ici. Des ouvrages en kinyarwanda sur l'histoire et la culture écrits par Kagame, Bigirumwami ou Muzungu. Et en devanture, tel un talisman, celui qu'elle préférait, le premier roman de Butare, *Mes transes à trente ans*, écrit par Saverio Nayigiziki en 1949, l'année de sa naissance. Quelques sièges dépareillés, une ou deux tables récupérées, le thé est offert dans des tasses ébréchées, ici la mémoire a un parfum de vieux papier. Blanche a aménagé les anciennes cuisines en salon à écouter, et toute la journée, sur sa chaîne hi-fi, des nouvelles lues par des comédiens sur des disques venus de loin peuvent être découvertes, assis dans de grands fauteuils en feuilles de bananier tressées. Le samedi, c'est elle qui ressuscite des histoires pour les enfants. Quand il y a une panne d'électricité, ils viennent là, soudain désœuvrés sans télé, et dans leurs oreilles déployées résonnent les échos de choses immortelles : *once upon a time*, *cyera habayeho*, il était une fois.

Stokely vient la rejoindre le temps de l'été. Elle sait qu'elle ne peut l'en empêcher, se plie à sa volonté en l'entourant de mille précautions. Le temps est lent dans cette ville du passé. Parfois, quand il pleut, quelques jeunes s'abritent dans la maison à livres qu'elle a appelée « Les flamboyants bleus », en souvenir des jacarandas disparus.

Il lui montre les branches qui ont jailli des souches devant la maison, formant des buissons déjà imposants là où jadis s'élevaient les troncs des arbres : « Tu laisses pousser les rejets ? Il paraît que c'est inutile, qu'ils ne donneront jamais de fleurs ni de fruits. Pourquoi ne pas les arracher pour planter de nouveaux arbres ? Des eucalyptus, par exemple, ça pousse vite, les eucalyptus, et ça sent bon. »

Mais Blanche s'y refuse. Elle sait à quel point les arbres sont politiques. Le jacaranda, dont la magnifique floraison bleu lavande fait la fierté de Pretoria, Nairobi ou Bulawayo, n'est pas une plante africaine. Il est originaire d'Amérique du Sud. Les colonisateurs l'ont importé et planté partout sur les terres de leurs immenses empires. C'est une espèce aux racines invasives qui empêche toute vie aux alentours, qui exige beaucoup d'eau et assèche les terres. Il est devenu le symbole du passé colonial. Tout comme l'eucalyptus, originaire d'Australie, utilisé par les colons pour assécher les territoires marécageux en espérant lutter contre le paludisme. Les Blancs sont partis, mais leurs arbres sont restés, reliques végétales d'une histoire qui n'a pas fini de faire des rejets.

« Non, je ne vais pas arracher les souches, Stokely, et je ne vois pas ce que cela changerait de les remplacer par des eucalyptus. Peut-être que je me reconnais un peu dans ces rejets. Si on m'avait arrachée, moi, tu ne serais pas là aujourd'hui, ni cette maison où les jeunes comme toi peuvent venir boire les mots de Fanon, Wa Thiong'o et Diop. »

En fin de journée, quand un petit vent frais recouvre doucement les toits de tuiles et de tôles de Butare, le fils et la mère se retrouvent assis sur la *barza* de la grand-rue. Blanche a trouvé à la coopérative artisanale un très vieux banc taillé dans un bois inconnu que le marchand a rechigné à lui vendre. Il ne comprenait pas pourquoi elle préférait justement celui-là qui était tout usé, voulait lui en faire choisir de plus solides, de tout neufs à ses yeux plus désirables. Blanche est attristée par l'attrait démesuré de ses semblables pour le neuf et la modernité. Elle qui est si attachée à ce qui a disparu aurait voulu lui dire combien les objets et les maisons anciennes sont précieux, trésors de possibles réminiscences à portée de cœur, pour supporter l'absence de tous ceux qui ne sont plus.

Mais elle s'est contentée de payer le banc et s'est hâtée de rentrer pour le présenter fièrement à son fils en disant : nous allons, toi et moi, grâce à cette vieillerie, restaurer une ancienne tradition familiale.

Elle lui a parlé des soirées d'enfance quand Immaculata les préparait au sommeil en leur contant les mille et une fantaisies du pays des Collines, les fourberies de Bakame, les hauts faits des dynasties royales qu'elle entrelaçait de quelques vers de la poétesse Nyirarumaga. Elle lui a dit que c'est sur ce banc qu'elle a compris la beauté de sa langue maternelle et le pouvoir des mots, quand on ose les libérer de leur cocon.

Depuis quelques mois, en préparation de ce deuxième séjour au pays, Stokely s'est replongé dans son manuel d'apprentissage du kinyarwanda. Il a demandé à son seul cousin francophone, Arsène, qui a fait le choix incongru pour l'époque de rester à Butare et d'étudier les lettres à l'université de Ruhande, de lui donner quelques cours. Chaque fin d'après-midi, ils travaillent durant une heure, sur la table du salon, le vocabulaire et la prononciation. La grammaire, trop complexe, viendra après. Stokely a prévu de passer trois mois ici. Un soir, très vite après l'arrivée du banc sur la *barza*, il demande à sa mère s'il peut apporter une innovation à la tradition : un petit lecteur de cassette à piles pour écouter en sourdine sur la terrasse la cassette que sa grand-mère avait jointe à son dernier courrier, la mélodie composée avant la guerre par le grand poète Cyprien Rugamba et chantée par sa chorale, les *Amasimbi n'Amakombe*, qu'il s'est mis en tête d'apprendre par cœur, phonétiquement, en attendant de maîtriser la langue. La chanson s'appelle « *Akabyino ka nyogokuru* ». Blanche lui en traduit les paroles :

La petite danse de Grand-mère,
elle qui a vieilli puis m'a laissé sur terre
J'en ferai un mémorial
Je rassemblerai ceux de ma génération
pour qu'ils m'aident à la chanter
Je leur enseignerai ce qu'il faut respecter
Une femme qui a porté le diadème de la maternité
ne doit pas voir son nom oublié
Nous ses enfants devons danser pour elle
Je danserai pour m'auréoler de son souvenir.

Blanche partage avec lui le souvenir de sa mère enfant, à l'école primaire d'Ikomoko, qui avait mémorisé des chants en français dont elle ne comprendrait le sens que plusieurs années plus tard.

Elle lui dit sa joie de le voir s'attacher à sa langue natale, s'excuse encore de ne pas être parvenue à la lui apprendre quand il était enfant. « Tu verras, le kinyarwanda est plein de recoins, de cachettes, il est un peu retors, tu sais, un peu comme nous. » Elle lui révèle que son nom à elle, *Uwicyeza*, a un double sens. Icyeza peut avoir deux racines. La première : *ikintu cyiza cyane*, une très belle chose, *Uwicyeza* est la femme parée de mille et une beautés. Mais la seconde renvoie à l'ancien rite du deuil rwandais. Quand les gens prenaient le deuil, ils se couvraient de cendre. C'est pour cela par exemple que les autorités ont décidé de remplacer le mauve du rituel chrétien par le gris cendré lors des commémorations du génocide, sans doute pour plus d'*authenticité*. Au moment de marquer publiquement la fin de la période de deuil, on retirait la cendre et on la remplaçait par de la craie blanche. La personne qui officiait lors de cette cérémonie de blanchiment était appelée *Icyeza* ou *Uwicyeza*. Pendant longtemps, elle n'a connu que le premier sens de son nom, ce n'est que tout récemment que sa tante Maria lui en a révélé l'autre, au détour d'une conversation sur la famille. Maria lui a aussi dit que sa grand-mère Anastasia était un peu médium. C'était un secret qu'elle seule connaissait et que sa mère lui avait fait jurer de ne révéler à personne, ni à ses frères, ni à sa sœur, ni même à leur père. Maria lui a expliqué qu'Anastasia avait deviné en rêve une partie du malheur qui allait s'abattre sur Immaculata. Elle espérait qu'en donnant ce nom à Blanche elle allait être celle qui pourrait lever le chagrin du cœur de sa mère, la libérer. Blanche soupire : « Ma grand-mère s'est trompée. » Stokely proteste, l'assure qu'elle a réussi à finalement éloigner le silence et le ressentiment de leurs vies, à retisser un lien entre les générations. Il prononce, presque sans accent : « *Uwicyeza, uri umubyeyi mwiza.* » Tu es une bonne mère.

Un vol de chauves-souris emporte leurs voix claires et emmêlées jusqu'au bout de la grand-rue de Butare et peut-être même au-delà, jusqu'aux ruines d'Ikomoko. La nuit est sur le point de tomber.

Blanche pose la main sur l'épaule de son fils. Elle lui fait signe d'attendre avant d'appuyer sur le bouton de la radiocassette.

Dans l'air frais du jour exténué, à l'instant même où un soleil rouge sang disparaît derrière la crête de l'horizon, elle lui confie ce qu'elle sait de plus précieux :

« Nous sommes la descendance d'Immaculata, les enfants du crépuscule de Butare. En France on dit de cet instant que c'est l'heure entre chien et loup. On devrait plutôt l'appeler l'heure métisse. Nous sommes le ruisseau de nuances cristallines qui coule entre les murs monotones, une trace survivant au mitan des cris, haine ou amour, l'un ou l'autre, parfois les deux à la fois, des sentiments comme des couteaux, ils ne savent faire que ça. Nous sommes le collier arc-en-ciel qui magnifie le cou d'une femme qui a trop longtemps été seule face à un monde monochrome, nous sommes le petit vent qui soulève délicatement le couvercle du chagrin. Nous sommes les rejets du jour d'après, qui font mentir les langues médisantes, ceux qui fleurissent contre toute attente. »

Merci à Yann, toujours.
Vingt ans, c'est quelque chose.

J'AI
LU

———

12837

Composition
PCA

Achevé d'imprimer en Espagne
par BLACKPRINT
le 30 août 2022.

Dépôt légal : janvier 2021.
EAN 9782290225257
OTP L21EPLN002769-551232-R2

ÉDITIONS J'AI LU
82, rue Saint-Lazare, 75009 Paris

Diffusion France et étranger : Flammarion